崖っぷち貴族の生き残り戦略

月汰元

ぶんか社

CONTENTS

第一章：明晰夢

暗く、無限に広がるような静寂の空間の下層から、キラキラと輝く光玉《こうぎょく》が湧き出し、旋回しながら舞い上がる。その光玉はさえずるように明滅し、二つの流れを形成する。

その流れには特徴があった。一方は数が少ないが勢いがあり、もう一方は数が多いが勢いがない。数が少ない方は、勢いよく舞い上がり、その中から少数の光玉が天を突き抜けて消えた。天を突き抜けるほどの勢いがなかった光玉は、途中で下降を開始し海面のような境界に落下し下層へと沈む。

もう一方の流れには、天を突き抜ける光玉はほとんど存在しない。半分も上昇しないうちに下降を開始し、境界に落下し沈む。

その様子をじっと見つめる存在がいた。普通の生物なら生きられない空虚《くうきょ》な空間に佇《たたず》むのは、超《ちょう》越者《えつしゃ》と呼ばれる存在だ。圧倒的な存在感と溢《あふ》れんばかりの力を持つ超越者は、次元を超えて見渡せる眼で二つの世界を比較していた。

『世界の調和が、歪《ゆが》み始めておる』

超越者は魂と呼ばれる光玉の流れをチェックし、大きな溜息《ためいき》を吐《つ》く。

『梃子《てこ》入れしなければならんようだ』

超越者は光玉の数が多い流れから、数万個ほどの光玉を掬《すく》い取った。そして、光玉を二つに割る。半分となった光玉に超越者自身のエネルギーを分け与え、元の光玉の形に戻す。そして半分を元の流れに戻し、もう半分を数が少ない方の流れに投じた。それらの光玉には天に昇るほどの勢いはなく、途中で下降を開始し下層へと沈んだ。

超越者が一つの魂を二つに分け、それぞれを別々の世界に繋がる輪廻転生の流れに投じたことで、この二つの世界に同じ魂を持つ人間が生まれることとなった。これは二つに分けられた魂が成熟した時、魂の絆《きずな》が生まれ、両世界に大きな影響を及ぼすことを意味していた。

◆◆◇◇◆◆◇◇◆◆

聖谷雅也《ひじりたにまさや》は、また自分が夢を見ているのに気づいた。明晰夢《めいせきむ》というものである。

仕事から帰って夕食を食べた後、テレビを観てから寝たはずである。それなのに、気づけば海が見える場所に立っていた。朝日が水平線から顔を出そうとしている。紅《くれない》に染まった海面がキラキラと輝いている光景は幻想的で、見る者を神秘の世界に惹《ひ》き込もうとする。

海上に浮かぶ小舟が目に入る。二人も乗れば満員となるような小さな舟だ。目を凝らすと、漁師らしい男が懸命に櫂《かい》を漕いでいるのが見えた。足元を見ると、小さなカニが波に抗《あらが》いながらも海に向かっていた。海鳥の鳴き声が聞こえ、潮風が頬を撫《な》で、後方にある粗末な家並みを吹き抜ける。

そこはベネショフと呼ばれる小さな町だった。人口は四〇〇〇人ほど。準男爵《じゅんだんしゃく》ブリオネス家が領主を務める漁師町である。

視界の隅に妹の姿を捉えた。自分より五歳年下の妹が、大きな声を張り上げている。

「デニス兄さん、朝食の時間よ」

「分かった。アメリア」

この夢の世界では、雅也はデニス・フォン・ブリオネスと呼ばれている。彼は一六歳で、黒髪と琥珀《こはく》色の瞳を持った少年だった。

雅也が夢を見る時、デニスの意識と繋《つな》がるようだ。多重人格のように、いくつかの人格が条件によって表面に出てくるというものではなく、二つの人格が持つ知識が統合され、あたかも新しい人格が生まれたかのように感じられるものだ。この世界での主人格はデニスであり、雅也の意識は傍《ぼう》観《かんしゃ》者のような立場だった。

この現象が始まったのは二ヶ月ほど前から。最初の頃は違和感を覚えたが、夢を見るたびに繰り返されると慣れてきた。

アメリアに視線を向けた。貴族の割に粗末な服を着ている。母親が子供の頃に着ていたものだ。だが、その顔立ちは整っており、笑った顔は輝くように美しい。

デニスは海岸から離れ、人により踏み固められた未舗《ほそう》装の道を戻った。道の両脇には、松にしか見えない針葉樹《しんようじゅ》が疎《まば》らに生えている。松林には漁師が使っている漁師小屋が建っていた。細い丸太と板で造られた粗末な小屋で、その中には漁師道具や生活用品が置かれている。

「ねえ、兄さん。塩が残り少ないって、エルマが言っていたの。どうしよう？」

エルマは領主屋敷のメイド頭《がしら》である。

「父上には言ったのか？」

アメリアが可愛い顔を歪めた。

「塩くらい自分たちで何とかしろって」

領主の家族が商人に塩を都合《つごう》しろと言えば、塩くらいなら用意してくれるだろう。だが、そんな方法で手に入れることを、アメリアは嫌っていた。

「僕が買ってくるよ」

「ありがとう」

ベネショフは、ゼルマン王国の辺境にある町である。その南側には海が広がっており、普通なら生活必需品である塩が豊富にあるはずだった。だが、王国は塩の製造を制限していた。功績を挙げた貴族にのみ認可を与え、それ以外は塩田《えんでん》を持つことを禁じているのだ。

塩を手に入れるには、町で唯一の雑貨屋か行商人から買うしかない。そして、買うには金が必要である。デニスは親から小遣《こづか》いなど一切もらっていなかった。

所々にガタの来た古い領主屋敷に入り、デニスはダイニングルームへ朝食を食べに向かう。

この国の主食は麦だ。日本で食べている小麦と見た目も味も同じものが存在する。そればかりかジャガイモ、サツマイモ、タマネギ、きゅうり、人参《にんじん》などと見分けのつかない食べ物も存在した。

だが、デニスの朝食はいつも、硬いライ麦パンと薄い塩味のスープだけである。貴族とは思えない、農民と同じような食事だ。

これには理由がある。準男爵ブリオネス家が支配するベネショフ領は、九年前に大規模な火災に見舞われた。収穫直前だった畑も焼け、領民の多くが犠牲となった。領主であるエグモントは、蓄えを放出して復興に努めた。だが、すぐに資金は底を尽き、深い傷跡を残したまま九年という歳月が過ぎてしまったのだ。

という訳で、ブリオネス家には金がない。それこそ息子に小遣いをやる程度の金さえないのだ。

味気《あじけ》ない朝食を食べ、デニスは外へ出た。デニスは普通なら王都の学校に通う年齢だ。だが、困《こん》窮《きゅう》しているブリオネス家では、次男を学校に通わせる余裕はなく、長男のゲラルトだけが王都の学校で学び、今は王都警備軍の幹部候補となっている。

将来、領主エグモントが引退する時が来れば、王都警備軍を辞め、ベネショフに戻って領地経営を学ぶことになるだろう。

デニスは長男ゲラルトに何かあった時の予備であり、普通なら十分な教育を受けさせる必要があるはずなのだが、一八歳までの自由な行動と引き換えに、自分で勉強しろと命じられていた。

読み書きだけは教えられていた。だから、屋敷の書斎にある本で歴史や地理、一般常識程度の知識は学んでいる。

ただ、独学には限界がある。基礎知識が足りないので、一般常識以上の本は難しくて理解できなかったのだ。だが、状況は二ヶ月前に変わった。別の世界の大人である雅也の精神と繋がったことで、突然、頭の中に存在しなかった知識が湧き出した。これにより、デニスは書斎にある本の全てを理解できるようになった。

その本の中には、この世界の魔法と言うべき『真名《まな》術』に関するものもあった。真名術とは物体の存在や原理、現象の真の名前を知り、それを核として現実に干渉する技術である。

魔法が存在しない世界に住む雅也には、非常に興味深いものだった。

外に出て景色を眺めていたデニスは、塩を買う金をどうしようかと悩んだ。思い付いたアイデアは二つ。ダンジョンまたは迷宮と呼ばれる場所で、魔物を狩りながら金属結晶を採掘すること。もう一つは森で金になる獲物を狩ることである。

「必要な資金を短時間で得るには、迷宮が最適か。危険なのは一緒だからな」

この時、デニスは迷宮の危険度について計算を間違えていた。書斎にあった記録資料に、迷宮の一階層や二階層はスライムやコウモリのような魔物しか出ないと書かれていたからだ。

デニスは急いで準備した。武器は祖先が使っていた戦鎚《せんつい》である。ウォーハンマーとも呼ばれる武器は、鋼鉄製のヘッド部分の片方が円錐《えんすい》形となっていた。デニスとしては剣が欲しかったのだが、屋敷にある剣は父が使っているものしかない。他の剣は資金の足しに売ってしまったのだ。

武器の他に昼食として食べるライ麦パンと水筒を詰めたリュックを背負い、デニスは町を出た。

町の近くにある迷宮は、岩山《いわやま》迷宮と呼ばれていた。町の南西にある岩山の麓《ふもと》にある。数多くある小迷宮の一つだ。ただ、この岩山迷宮を訪れる者は、ほとんどいない。三階層と四階層に厄介な魔物が巣食っており、探索するにはそれらを倒さなければならないからだ。

しかも迷宮内で手に入れられるのは普通の金属だけで、リスクに比べて利益が少ないのだ。

南西へ一時間半ほど歩くと、岩山が見えてきた。周りは緑の少ない荒れ地で、足元は大小の石がゴロゴロと転がっている。

季節は春から夏に移る頃。長時間歩いて汗が流れ、喉が渇いてしまった。背負っているリュックから水筒を取り出して一口飲む。

「ふうっ、迷宮の入り口まで来ただけで疲れた」

デニスは痩《や》せ型の体形だが、屋内で本を読むより外で飛び回るのを好む少年だ。しかし、雅也の魂と繋がるようになってからは読書も好むようになっていた。

迷宮の入り口は、洞穴《どうけつ》のように見える。デニスは慎重に迷宮へ踏み入った。中は暗い。左手に持った松明《たいまつ》に火を灯《とも》し、右手に戦鎚を握って進み始める。この岩山迷宮は小規模で、五階層までしかないと資料には書かれていた。そして、一階層にはスライムしかいない。

スライムくらいなら楽勝だと、その時点では思っていた。三〇メートルほど進んだ時、迷宮内に明かりがあるのに気づいた。天井に生えている苔《こけ》が光を放っているのだ。

「ヒカリゴケの一種か」

デニスは松明の火を消した。予想した通り十分に明るかった。迷宮内は石の壁で造られた通路とドーム型空間で構成された迷路のようになっている。

ついにスライムと遭遇《そうぐう》した。デニスが生まれて初めて見る本物の魔物である。魔物は、例外を除いて迷宮などの特別な場所にしか存在しない。大きさは洗面器ほどで、色は薄緑をしていた。そんなスライムがナメクジのように通路の床を這《は》っている。想像より動きが速い。

慌てて戦鎚を振り下ろす。スライムは前進することで躱《かわ》した。戦鎚が通路の床を叩いて乾いた音を立てる。その衝撃が手に伝わり痛みが走った。

「しまった」

スライムが足元まで来ていた。反撃のつもりなのか靴に乗り、足首に絡みつく。その瞬間、ビリッという電気で痺《しび》れるような痛みが足に走った。

「……」

声も出ないほどの痛みが身体《からだ》を走り抜け、心臓が止まりそうになった。足を振ってスライムを振り落とす。足から離れたスライムは、また這い寄ろうとする。デニスは戦鎚を振り下ろした。金属製のヘッドがスライムに突き刺さる。だが、それくらいでスライムは死なない。スライムには核があり、それにダメージを与えなければ仕留められないのだ。

スライムから距離を取ったデニスは、深呼吸して自分を落ち着かせた。

「何なんだ。あの電気ショックみたいなのは……」

書斎にあった資料には、スライムに捕まると痛みが走ると書かれていた。その痛みが、これほど激しいものだとは思わなかった。

デニスはスライムに捕まらないように逃げながら、何度も戦鎚を打ち付けた。九度めの攻撃で戦鎚がスライムの核を貫く。やっと仕留めたスライムは、空間に溶けるように消えた。迷宮の魔物は、死ねば消えてなくなる。通常の生物とは違う存在のようだ。

戦いで腹が減ったので、持ってきたライ麦パンを食べて一息吐いた。

その後、何匹かのスライムと遭遇し、苦労して倒しながら金属鉱床《こうしょう》を探し始めた。三時間ほど歩いた頃、小さなドーム状の空間を発見した。

そこには六匹のスライムがうろうろしていた。一匹ずつなら何とか倒せるようになったが、六匹同時というのは無理だ。

「時間はかかるが、一匹ずつ仕留めよう」

デニスは小ドーム空間の入り口近くにいるスライムから、一匹ずつ誘い出して仕留めていった。最後の一匹となった時、デニスはよろけて尻餅をついた。かなり疲れが溜まっているようだ。そこにスライムが襲いかかった。背中に張り付かれた瞬間、例の電撃が襲う。

「でひゃっ！」

思わず変な声が出てしまうほど、強烈な衝撃だった。デニスは転げ回りスライムを振り落とす。スライムが離れたと感じた瞬間、立ち上がって戦鎚を振り下ろす。

「こいつめ……でりゃ、どりゃ、もう一発」

やっとの思いで六匹とも仕留め、ホッとして座り込む。

「……っ、疲れた」

へろへろになったデニスは、スライムが消えた小ドーム空間を見回した。視界の隅にキラキラとした輝きを捉えた。銀色に輝く亜鉛《あえん》の鉱床である。

迷宮にできた鉱床には、自然銅などの金属結晶が析出《せきしゅつ》する。純度の高い金属結晶なので、色で区別がつかない場合もある。資料によれば、この階層の鉱床は亜鉛らしい。

「採掘しないと……」

デニスは鉱床に戦鎚を打ち込んで、亜鉛を採掘した。キラキラと輝く金属。これが銀ならば大金になる。しかし、迷宮の一階層で銀など採掘できない。

亜鉛をリュックに詰める。迷宮の鉱床は、最後に採掘した後から少しずつ大きくなると言われている。この迷宮は長らく放っておかれたので、かなりの量を採掘できた。

だが、一人で持って帰れる量には限りがある。その日は一〇キロほどを採掘して帰ることにした。重い足を必死で動かし帰途《きと》についた。町の入り口に到着した頃には、日が沈みかけていた。デニスは店を閉めようとしている雑貨屋のカスパルに声をかけた。

「カスパルさん、ちょっといい」

戸締まりをしようとしていたカスパルが振り向いた。

「おや、坊っちゃんじゃないですか」

「よしてくれ。もう一六歳なんだよ」

「これは失礼しました。それで何用でしょう？」

デニスは店の中に入ると、リュックから亜鉛を取り出した。

「これを買って欲しいんだ」

「ほう、亜鉛ですか」

カスパルは亜鉛の塊を念入りに調べ、デニスに目を向けた。

「全部で銀貨二枚でどうでしょう」

デニスには亜鉛の相場など分からなかったので承知した。その金で塩を一袋買う。塩一袋は銅貨七枚で、差額の銀貨一枚と銅貨三枚を受け取った。

ちなみに、この国の金銭の単位は『パル』であり、貨幣は真鍮《しんちゅう》貨・銅貨・銀貨・大銀貨・金貨である。真鍮貨一枚が一パルで、銅貨は一〇パルというように一桁ずつ価値が上がっていく。

屋敷に帰ると、心配そうな顔をしたアメリアと怖い顔をしたエグモントが待っていた。

「遅い、何をしていた」

「塩を買いに行っていたんです」

「何だと……。塩を手に入れるだけで、こんなに遅くなったと言うのか？」

「買うには、金を手に入れなければなりませんから」

エグモントが視線を逸《そ》らした。小遣いを与えていないことに負い目を感じているのだろう。

「何をしていたのかは知らんが、自分で稼ぐ方法を考えたのなら、立派な心掛けだ。だが、遅くなる時には伝言を残しておけ。皆が心配するだろ」

デニスは謝った。アメリアが本当に泣きそうなほど心配したらしいからだ。

水浴びして汚れを落とし、服も洗う。着替えたデニスは遅い夕食を食べ、自分の部屋に戻った。

「デニス兄さん、入っていい？」

デニスが許可を与えると、アメリアが入ってきた。

「ごめんなさい」

アメリアが謝った。

「何で謝るんだい？」

「だって、あたしが塩を頼んだから、遅くなったんでしょ」

「違うよ。前から考えていたんだ」

アメリアはデニスが何を考えていたのか知りたがった。

「真名術だよ。習得しようと思っているんだ」

真名術を習得するには、何らかの真名を知る必要がある。真名を知る方法は一つだけ。迷宮の魔物を倒すというものだ。魔物を倒すと、少ない確率で真名を得られるらしいのだ。

「へえ、魔物が真名を教えてくれるんだ」

教えてくれるというのはちょっと違うのだが、一〇歳になったばかりのアメリアには、それでいいだろう。

「じゃあ、これからも迷宮へ行くの？」

「ああ、当分はスライム狩りを続けるつもりさ」

デニスは今日の経験で、スライム専用の武器が必要なことを痛感していた。戦鎚はスライム狩りに不向きだと感じたからだ。

デニスは迷宮の様子をアメリアに話した。途中でアメリアが眠そうな様子を見せたので、エルマを呼んで部屋に戻す。

デニスは寝台に身を横たえると、即座に眠りの世界に落ちた。

◆◆◇◇◆◆◇◇◆◆

雅也が目を覚ますと、そこは会社の独身寮だった。新入社員たちに人気がなく、部屋が空いていたので、二部屋を自分のものとして使っていた。

喉の渇きを覚え冷蔵庫の方へ向かう。中から野菜ジュースを取り出し、グラスに注いで一気に飲み干す。

「ふうっ、また変な夢を見た。何か意味があるんだろうか」

気怠《けだる》げにアクビをしてテレビを点《つ》ける。朝の報道番組では、パリで開かれた国際陸上競技会で世界新記録が樹立されたというニュースが流れていた。

「おいおい、嘘だろ。九・一秒は速すぎだろ」

世界中の陸上競技関係者の間では大騒ぎになっているようだ。ドーピング疑惑も出てきて、この新記録が正式なものとなるかは検査の結果次第だと報道していた。

雅也は出勤する支度《したく》を始めた。勤務先は急成長中の建設会社。その設計部で仕事をしていた。会社はブラック企業ではないが、人材育成やコンプライアンスは遅れていた。世界の建設ブームに乗って急成長したからなのか、上層部や先輩たちの意識に驕《おご》りが生まれていると雅也は考えていた。

その結果として、営業は許容量以上の仕事を取り、下請けに放り投げることを繰り返していた。おかげで設計部は大忙しである。雅也は優秀であり、効率よく仕事を捌《さば》いたが、それができない者もいた。

出勤した雅也は、後輩たちに挨拶しながら席に着く。パソコンを立ち上げると、いくつかメールが来ていた。

「チッ、総務部の明美《あけみ》ちゃんが寿退社だって……なんてこった」

明美ちゃんは、総務部で一番美人の女性社員である。雅也も気になっていた。

朝からモチベーションが下がった雅也は、サーバーの個別フォルダーに放り込んである設計データを読み出した。これは雅也が遊びで設計しているリゾートホテルである。

南国をイメージした青い海が似合うホテルとなっている。暇な時間に遊びで設計したものであるが、基本的な設計は十分に通用するものだった。ただ、見た目重視で設計したため、ホテルの象徴である二つの塔を繋ぐ空中回廊の強度が足りないという、大きな欠陥があった。

「聖谷、沖縄《おきなわ》カルラホテルの設計はどうなった？」

第二設計部の唐木《からき》部長が、先輩の高田《たかだ》に振られたはずの仕事について尋ねてきた。

「それは高田先輩の担当のはずです」

「そうなのか、おかしいな。高田君は君と共同で設計していると言っているのだが」

「あのネズミ野郎……」

雅也が小声で罵《ののし》った。高田は手柄横取りの名人である。たぶん設計が遅れているので、雅也を巻き込もうとしているのだ。

半年前も嫌な経験をさせられた。高田との共同設計として始めた仕事が、雅也のアイデアで完成間近となった時、高田が仕事が遅れている別チームに応援に行くように指示を出したのだ。

その時、高田の正体を知らなかった雅也は、指示に従い応援に行った。応援先の仕事が片付いた時には、高田が完成した仕事の功績を独り占めにして報告していた。

抗議すると、完成させたのは自分だと言って逆ギレされた。

「私は東京《とうきょう》クリーブホテル担当です」

「ああ、昨日提出された設計図を見たよ。いい出来だった。一段落ついたのなら、沖縄カルラホテルの仕事に集中してくれ」

そこに高田がひょこっと顔を出す。

「聖谷ちゃん、頼むよ」

唐木部長と高田の間では、沖縄カルラホテルの仕事に雅也を巻き込むことは決定事項となっているようだ。雅也は高田を睨《にら》んだが、ネズミ顔に薄笑いを浮かべるのみだ。何を言っても無駄だと悟った雅也は、仕事の進捗《しんちょく》を確認することにした。そんな雅也を見て高田はこう言い放った。

「何を言っているんだ、聖谷ちゃん。今見ていたのが、沖縄カルラホテルじゃないか」

何を言っているのか理解できなかった。だが、時間が経つにつれて、このネズミ野郎は、趣味で設計していた雅也のリゾートホテルを盗んで、沖縄カルラホテルとして提案したのだと分かった。

「ちょっと待ってください。これは……」

高田が小狡《こずる》そうな顔で口を挟む。

「こいつは就業時間内に、コツコツと設計を進めてくれたものなんだろ」

就業時間内に設計したものなら、会社のものだと言いたいのだろう。だが、納得できるはずがなかった。

二人のやり取りを横で見ていた唐木部長は、時間を気にし始めた。

「会議の時間だ。聖谷は進捗状況を後で報告してくれ」

部長を見送った雅也は、高田に噛《か》み付いた。

「冗談じゃないですよ。高田先輩が設計したものは、どうしたんです？」

高田の顔が渋いものに変わった。

「僕の案はクライアントに気に入られなかったんだ。聖谷ちゃんの案があって良かったよ」

どうやら、自分が設計した案が拒否されたので、苦し紛れに雅也の設計を盗んでクライアントに見せたらしい。

「いくら先輩だからって、無断でクライアントに見せるなんて酷《ひど》いじゃないですか」

「うるさいな。先輩の仕事を手伝えるんだ。光栄に思え」

その言葉にはカチンときた。

「先輩は姑息《こそく》なんですよ」

言い争いになり、高田が先に手を出した。

「後輩のくせに、生意気なんだよ」

高田がネズミ顔のくせに猫パンチを繰り出した。そのパンチが雅也の肩に当たる。大して痛くはなかったが、怒りが湧き上がる。

「その顔で、猫パンチはないだろ」

「馬鹿にしやがって！」

高田がもう一発猫パンチを放つ。雅也は首を捻《ひね》るだけで躱し、カウンターパンチを高田の顔に放った。グシャリと鼻の潰《つぶ》れる感触が伝わり、高田の身体が床に伸びた。

女性社員の悲鳴がフロアーに響く。

その後が大変だった。救急車が呼ばれ高田が運び出されると、警察に引っ張られた。

事情聴取され、先に高田が手を出したことが別の社員から証言されると解放された。

「最悪だ。最悪の日だ」

会社に戻ると、唐木部長が待っていた。部長は高田に謝罪すれば、軽い懲罰《ちょうばつ》で済ませると言う。

「何故《なぜ》ですか。先に手を出したのは先輩ですよ」

「君……少しくらい仕事ができるからといって、先輩に逆らうような行動は感心せんな」

警察の取り調べで精神的に疲れていた雅也は、部長に反発し高田に謝ることを拒否した。

「あんな人と一緒に仕事なんかできません」

そう言って、会社への不満をぶちまけ会社を出た。実質的な辞職である。

近くの喫茶店でアイスコーヒーを飲みながら頭を冷やした。冷静になると後悔が湧き出す。

「やばい。やっちまった」

雅也はこれからのことを悩み始めた。会社を辞めれば寮を出なければならない。しかも海外の歴史的建築物を見学するのが趣味である雅也は貯金が少ない。

こんな時に頼れそうな人物が頭に浮かぶ。大学の後輩で、食料品を中心に手広く商売をしている物部《もののべ》グループの会長を父親に持つ物部冬彦《ふゆひこ》である。

変わり者だが、経済的には恵まれている人物だ。親からグループ企業の株式を譲られ、その配当金だけで暮らしていけるらしい。冬彦は、関東の地方都市で探偵事務所を開いていた。繁華街に建つビルの五階に事務所がある。すぐに約束を取り付けた雅也は事務所に向かった。

駅を出て数分で到着。エレベーターで五階に上ると、探偵事務所の看板が見えた。

「冬彦、いるか？」

雅也が事務所に入って声を上げた。奥のミニキッチンから音が聞こえ、体格の良い男が現れた。背丈は雅也より一〇センチ高い一八〇センチほどで、ジムで鍛えたらしい身体は逞《たくま》しい筋肉で覆われている。

「待ってましたよ」

「冬彦に助けて欲しいことができたんだ」

「先輩には大きな借りがありますから、何でも言ってください」

雅也は少しためらってから、会社を辞めたことを話した。

「良かった。仕事を探しているんですね？」

「良かったって、何だよ？」

冬彦が誤魔化《ごまか》すように笑った。

「まあいい。ついでに住む場所も探さなきゃならんのだ」

物部グループには建設部門もある。雅也は、そこに紹介してくれることを期待した。だが、冬彦の提案は意外なものだった。

「ちょうどいい。探偵になりませんか？」

「探偵だって……。つまり冬彦の部下になれってことか？」

「部下が嫌なら、パートナーでもいいですよ」

雅也が困ったという顔をする。

「いや、部下が嫌っていうわけじゃない。ただ探偵じゃなくて建築士として、どこかの会社に紹介して欲しかったんだが」

冬彦が弱々しくすがり付くように雅也の手を握った。

「先輩、助けてください。この探偵事務所、お客が来ないんですよ」

「いや、でも……」

「お願いします。一時的でもいいんです」

冬彦は必死で懇願した。事情を聞いてみると、この三年間で依頼があったのは三件。絶望的な状況らしい。普通なら、とっくに潰れているところであるが、持ち株の配当などで十分な収入があるので続けられているそうだ。

「お願いです、先輩」

雅也は、次の仕事が決まるまでなら、と承諾した。その間はこの事務所で寝泊まりしていいと言う。ミニキッチンとシャワールーム、トイレが付いているため、生活はできそうだった。

雅也は独身寮にある荷物の一部を探偵事務所に、残りはトランクルームに預けた。

数日、忙しく過ごした後、ようやく落ち着いた雅也は、探偵事務所の奥の部屋で暮らし始めた。

◆◆◇◇◆◆◇◇◆◆

目を覚ますと、硬い寝台の上だった。デニスの部屋である。

「朝か。今日はどうするか」

デニスは着替えて、ダイニングルームに向かった。

「デニス兄さん、おはよう。今日は遅かったのね」

アメリアが椅子に座って、食事を待っていた。

「そうだな。ちょっと疲れてたのかな」

アメリアと話をしている途中で、エグモントが起きてきたので朝食が始まった。またライ麦パンとしょっぱいスープである。

「もうちょっと旨《うま》いパンが食べたいな」

デニスが呟《つぶや》くと、エグモントがジロリと睨んだ。

「贅沢《ぜいたく》を言うな。朝はライ麦パンで十分だ」

この世界には小麦から作られた白いパンも存在する。農民にすれば贅沢品だが、貴族なら普通だ。ブリオネス家が貧しいだけである。

食事を済ませ、今日も遅くなると家族に告げてから外へ出た。まず町の西側にある木工工房へ行き、武器の製作を頼んだ。

よくしなる長い棒に、剣山のように釘を打ち付けた四角い板を繋ぎ合わせた武器である。形としてはハエ叩きに似ているが、先端部分は凶悪な剣山となっている。

工房の親方であるフランツは、短時間で注文通りの武器を作り上げた。そして、出来上がったものを見て首を傾《かし》げる。

「こんなものを、何に使うんだ？」

フランツとは、小さな子供の頃からの付き合いである。言葉遣いは乱暴だが、腕のいい職人だ。

デニスは苦笑いして、

「ちょっとスライム退治にね」

「はあっ……もしかして迷宮に行くのか？」

「ああ」

フランツが呆《あき》れたような顔をする。危険な場所にわざわざ行くなんて、と考えているのだろう。

確かに危険を冒して迷宮内で金属を採掘しても、多くの金属を持ち帰れるわけではない。

デニスの体力では、一〇キロほどを持ち帰るのが限界なのだ。そのことについては、デニスも考えていた。昨夜描いておいた設計図をフランツに渡した。

それは小型リヤカーの設計図である。一〇〇キロほどを載せられる小さなものだが、頑丈な設計になっている。

「これは……荷車とは違うんだな」

「リヤカーという荷車の一種だよ」

フランツは、荷車とは少し異なる構造に興味を持ったようだ。

「ふむ、車軸が左右で独立しているのか。これだと車体を低くできるな」

デニスが荷車でなく、車軸が左右で独立しているリヤカーを選んだのは、車体を低くすることで重い金属を楽に運べるようにと考えたのだ。

「それって、いくらだ？」

「値段か。そうだな……三日もあれば作れるだろうから、武器の代金も含めて大銀貨三枚でいいぞ」

予想より高かったので、デニスは顔をしかめた。

「支払いは月末でいい？」

「ああ、きっちり払ってもらえるなら、構わんぞ」

デニスは約束して、武器を持って外へ出た。このハエ叩きに剣山を付けたような武器は『ネイルロッド』と名付けた。

また一時間半ほどかけて岩山迷宮へと行った。中に入ると鉱床を目指す。途中、魔物に遭遇した。緑スライムである。

スライムは緑・赤・黒・金という色で種類が分かれる。この順序で希少になり、一般的に遭遇することが多いのは緑スライムとなる。書斎にあった真名術の本によれば、緑スライムは『魔勁素《まけいそ》』という真名を持っているらしい。

この『魔勁素』の真名は、真名術の基本であり必ず手に入れる必要がある。この真名があれば、体内に存在する魔勁素が感じられるようになるのだ。

デニスはネイルロッドを構え、這い寄ってくる緑スライムを待つ。間合いに入った瞬間、ネイルロッドを振り下ろした。スライムの中央に釘の山が命中し、それぞれの切っ先がスライムを突き刺す。そのどれかが、スライムの核に刺さったらしい。緑スライムが力を失い消えてゆく。

「一発で仕留められたか。こいつはいい」

新しい武器の手応えに喜んだ。ただ今回も真名は手に入らなかった。

デニスもそうだが、雅也もクジ運が悪く賭《か》け事は負けてばかりである。真名の入手にもクジ運の悪さが影響しているのかもしれない。

途中で戦闘しながら探索を続けて二時間ほど、ようやく鉱床のある小ドーム空間に辿《たど》り着いた。中を覗《のぞ》くと、緑スライムが五匹ほど這い回っていた。

「これくらいなら、大丈夫そうだな」

デニスは中に入り、スライムを倒し始めた。ネイルロッドが威力を十分に発揮し、どれもほとんど一発で核を打ち抜いて倒してゆく。最後の一匹にとどめを刺した時、上の方で何か気配がした。

次の瞬間、スライムの雨が降り注ぐ。

「わっ……ひゃっ……」

変な声を出しながら逃げ回る。五〇匹ほどのスライムが天井に張り付いていたようだ。そのスライムが一斉に天井からダイブしたらしい。デニスはネイルロッドを滅茶苦茶に振り回した。右足に強烈な痛みが走る。見ると、緑スライムがよじ登ろうとしていた。

「わっ」

デニスは半狂乱になって戦い続けた。這い寄るスライムにネイルロッドを振り下ろし、攻撃するスライムを跳び上がって避《よ》ける。

「はあ……はあ……」

三〇分ほど戦い続けたデニスは、体力が尽きようとしていた。武器を振り回す腕が重くなり、素早い動きができなくなる。

スライムの数は数匹までに減っていた。ふらふらになりながら攻撃を繰り返す。頭は疲労で霧《きり》が

かかったようになっている。機械的に武器を振り下ろし、最後の一匹にとどめを刺した。その後で、最後の一匹が黒いスライムだったことに気づいた。

「あっ……しまった」

真名術の本に、スライムから得られる真名に関して注意事項が書かれていた。黒スライムに手を出してはならないというものだ。

頭の中に、何かが浮かび上がった。それは文字であるのだが、言葉では形容できないようなものだった。強いて言うならQRコードを三次元化し、それに何かが追加されているような感じだと、雅也の知識が告げていた。

訳の分からないものなのだが、デニスには何を意味しているのか分かった。それは『魔源素《まげんそ》』を意味する真名文字だった。

真名文字には、物体の存在や原理、現象の概念と真の姿が込められている。デニスは魔源素が何かを理解した。魔源素は真名術で使われる真力《しんりょく》と呼ばれる未知のエネルギーの原形だった。

魔源素は粒子であり未知のエネルギーでもある。その魔源素が生物の体内に入ると、魔勁素に変化する。真名術に使われる力は、魔勁素が真力に変換されたものだ。

「体内にある魔勁素を感じ取り、制御することで真名術が発動すると、本には書かれていた。そうすると魔源素と真名術の関係はどうなる？」

デニスは体内にある魔勁素を感じようとしてみた。残念なことに、何も感じられない。

「魔勁素と魔源素の違いを調べなきゃならないな。だが、今は亜鉛だ」

デニスは亜鉛の結晶を掘り始めた。一〇キロほどを採掘しリュックに入れる。重いリュックを担ぎ戻り始めた。迷宮を脱出し、ベネショフに戻ったのは夕方だった。

書斎に戻ったデニスは、真名術の本を取り出し調べ始めた。そして、『魔源素』の真名が厄介なものだというのが分かった。この真名を得た者は『魔勁素』の真名を取得できなくなるらしい。

真名の中には、磁石の同極が反発するように、反発し合う真名があるのだ。その代表格が『魔源素』と『魔勁素』だった。

「これはまずいんじゃないか」

真名術は体内にある魔勁素を基礎として、組み立てられた術式体系である。その魔勁素を感じ取れないのでは、真名術が使えない。

「待てよ。本当に使えないんだろうか？」

体内の魔勁素ではなく、体外にある魔源素で真名術を発動する方法があるかもしれない。試してみる価値はあるとデニスは考えた。

翌日、デニスは朝から浜辺に向かった。真名術が使えるか、試してみるつもりなのだ。好都合なことに、浜辺には誰もいない。

真名術の本には、基本として魔勁素を感じ取る方法が記述されている。それは身体の内部に目を向け、心臓や血管を流れる血の流れを感じ取るところから始まる。書かれている通りに試してみたが、さっぱり魔勁素は感じられなかった。原因は分かっている。デニスの持つ真名は『魔勁素』ではなく『魔源素』だからである。

「……やはりダメか」

予想していたことだった。デニスは身体の内部ではなく、外に意識を向けて試そうと考えた。魔源素は大気中に含まれているものだと言われているからだ。

デニスは深呼吸してから心を落ち着かせ、集中する。まずは風を感じようと皮膚感覚に意識を集中した。潮風が身体を撫でるように吹き抜け、少し伸びた後ろ髪を揺らすのを感じた。

その時、風の中に何かを感じた。すぐに消えた感触だが、確かなものだ。デニスは風に意識を広げる。

「……」

今まで感じたことのない感触を捉えた。魔源素が意識にぶつかり、弾かれるのを感じたのだ。

二時間ほど続け、集中力が切れかかった頃、魔源素を感じ取る能力を身に付けた。

「まるで極小の雨粒が当たっているような感じだな。でも、感じられただけじゃ何もできないんだけど」

手に入れた真名が『魔勁素』ならば、体内を循環させるだけで身体能力を上げることができる。しかし、『魔源素』は空気中を漂っているものだ。動かしても身体能力は向上しない。

「何かできないか？」

デニスが感知できる魔源素は、半径五メートルほどの範囲に存在するものだけらしい。集めてみることにした。精神を集中し、感知した魔源素に『魔源素』の真名から取得した力を働かせる。

空気中に漂う魔源素がデニスの右掌《てのひら》に集まり始めた。慣れないせいか、脳が焼けるように熱い。

すると、魔源素の塊がゴルフボールほどの大きさとなった。空中に浮かぶ魔源素ボールが、デニスの眼の前に静止している。意志の力で上下左右に動かせることが分かった。

「凄《すご》い、動くぞ。こうして操れるようになると、何だか感動するな」

背中がゾクゾクするような感動を味わい、思わず鼻息が荒くなる。

「しかし……これで何ができるんだ？」

意志力で魔源素ボールを動かすことは可能だ。だが、その動きは遅く利用価値は低かった。

試しに足元に落ちていた小石を魔源素で包み込み、持ち上げるように意志を集中してみた。小石が揺れ、少しずつ持ち上がり始める。

「ふうっ、一応成功か。訓練すれば、何かに使え……そうにないな。手で動かした方が早い」

魔源素を元のボールに戻した。先程と比べ少し小さくなっているようだ。小石を動かすために消費されたのか、制御《いじ》から離れた分があるのかもしれない。

魔源素ボールを弄っているうちに、何となく回転させてみた。魔源素ボールが回転方向と垂直に進み始める。回転速度を上げると進むスピードが速くなる。

「回転すると、移動する運動エネルギーが発生するのか……面白い」

デニスは魔源素ボールを眼《め》の前に浮かべ、時計回りに回転を与えた。その瞬間、魔源素ボールがデニスに向かって弾けるように飛び、その頬に減り込んだ。

「痛っ！」

涙目になった。デニスは赤くなった頬を押さえて苦痛に耐える。

「何で後退したんだ……もしかして、回転の向きが違うのか」

頬に命中した魔源素ボールは消えていた。改めて魔源素を集めてボールにすると、逆時計回りに回転させた。今度は予定通りに前方へ飛び、ボールは海に落ちて水飛沫《しぶき》を上げた。デニスは結果を見て考えた。

（魔源素ボールは逆時計回りに回転させると前方に飛ぶのか。もう少し速く回転させられれば、威力が上がるのか？）

　精神的に疲れたので、真名術の実験はやめ迷宮へ行くことにした。屋敷に戻って昼食用のパンや武器を用意した。途中、雑貨屋に寄って亜鉛を売る。銀貨二枚を受け取り、町を出た。

　岩山迷宮に到着した時には、太陽が真上に来ていた。迷宮に入る前にパンを食べ休憩する。一〇分後、ネイルロッドを手に持ったデニスは迷宮に入った。中に入った直後から、迷宮内の魔源素濃度が濃いことに気づいた。外ではポツポツと魔源素と意識がぶつかるような感じだった。しかし、迷宮内ではザザザッと強めの雨が当たるような感じである。

「魔源素が濃いということは……」

　試しに魔源素ボールを作ってみると、ソフトボールほどの大きさになった。浜辺で作ったゴルフボール大のそれとは、段違いの大きさである。

　それだけ魔源素が多いのだろう。その大きな魔源素ボールをスライムにぶつけると、スライムが撥《は》ね飛んだ。通路の壁に打ち付けられたスライムは、何事もなかったかのように動き始める。

「……使えない」

　デニスは心底ガッカリした。その後はネイルロッドを振り回しながら、迷宮を探索し下層に下りる穴を見つけた。岩をくり抜いたような穴の入り口は、三人の人間が並んで通れるほど広かった。用心しながら穴を下りる。岩山迷宮の二階層に出現する魔物は、スライムと毒コウモリである。

　他の迷宮では毒コウモリではなく大ネズミが出ることが多いらしい。毒コウモリが出る迷宮は、国内では二つしか存在しないようだ。

毒コウモリは牙に麻痺《まひ》毒を持ち、噛まれれば麻痺する。ただ麻痺毒の効果は弱く、噛まれた一部だけが麻痺する程度だと本に書かれていた。

少し歩いたところでバタバタと羽ばたく音が聞こえた。そして、甲高《かんだか》い鳴き声が通路に響く。デニスはネイルロッドを構えた。リュックの中には戦鎚も入っていたが、ネイルロッドの方が有効な気がしたのだ。飛んでいる毒コウモリに向かってネイルロッドを振り回す。

毒コウモリの動きが素早く、簡単には命中しない。何度めかで羽に命中し、毒コウモリが下に落ちた。通路の床でのた打ち回る毒コウモリにとどめを刺す。毒コウモリは溶けるように消えた。

「スライムより強敵だ」

強敵とはいえ、相手が一匹なら倒せる。問題なのは小ドーム空間だ。スライムの例もあり、鉱床の近くには多数の毒コウモリがいると予想した。

デニスは小ドーム空間に辿り着き、中を覗いた。案の定、毒コウモリが天井に七匹とまっている。

中に飛び込んでいく勇気は、デニスにはなかった。

一匹でも苦労しているのに、七匹同時に襲われれば死ぬ。

「弓矢でも用意しないとダメだな」

デニスは父親から弓術《きゅうじゅつ》を学んでいる。但《ただ》し、忙しいエグモントは、基本を教えただけだ。なので、デニスの技量は、素人に毛が生えた程度である。

クロスボウでも作るか、と考えた。命中力が高く威力のあるクロスボウが最適なように思えたからだ。だが、クロスボウは連射速度が遅い。

数が多い敵と戦う場合、連射速度が遅いというのは大きな問題となる。そこで魔源素ボールを試すことにした。スライムに対しては効き目のなかった魔源素ボールも、毒コウモリには効果があるかもしれない。

精神を集中して魔源素ボールを形成し、天井にぶら下がっている毒コウモリに向けて放った。ソフトボール大の魔源素ボールが毒コウモリに命中し弾き飛ばす。何匹かが驚き天井から離れた。続けて形成したボールを、まだ天井にぶら下がっている毒コウモリに放つ。二匹同時に命中し、床に落ちてぐったりとした。無事な毒コウモリが甲高い鳴き声を上げ狂乱状態となっていた。

また別の魔源素ボールを形成する。使用した魔源素はどこからか充填《じゅうてん》されるようで、なくならない。迷宮自体が魔源素の供給源なのかもしれない。

何度か的を外したが、七匹全部を撃ち落とした。消えてなくならないところを見ると、死んではいないようなのでネイルロッドでとどめを刺す。

全部倒しても毒コウモリが持つ真名は得られなかった。しかも、この小ドーム空間には金属鉱床はないようだ。

「はああ、骨折り損のくたびれ儲《もう》けか」

ただ魔源素ボールが毒コウモリに有効だと分かったのは収穫だった。

その後の探索で、別の小ドーム空間を発見した。そこにはスライムが七匹、毒コウモリが五匹もいた。デニスは魔源素ボールで毒コウモリ、ネイルロッドでスライムを倒し安全を確保する。

安全になった後、鉱床を探すと、スズの金属結晶を発見した。

「やった！」

デニスは小躍《こおど》りするほど喜んだ。スズは亜鉛や銅よりも高価なのである。銅と混ぜることで青銅になるスズは、需要が多いのだ。

一〇キロほどを掘り出して戻ることにした。疲れた身体に鞭打《むち》ち、ベネショフに帰った。途中、雑貨屋に寄って主人のカスパルと交渉した。

「ほう、今度はスズですか……。大銀貨一枚でどうでしょう？」

カスパルの顔から、その価格で買い取っても大きな儲けが出ると分かった。領民が儲けるのも、領主にとっては喜ばしいことだ。デニスは承諾した。

翌朝、デニスが目を覚ますと、雨音が聞こえてきた。今日は雨らしい。

「雨か。今日は迷宮に行くのをやめようかな」

雨の中、重いリュックを担いで迷宮から町まで歩きたくなかった。それに休養も必要だろう。着替えて顔を洗い、ダイニングルームへ向かう。

珍しくエグモントが先に席に着いていた。

「父上、おはようございます」

エグモントが無愛想《ぶあいそう》に頷《うなず》いた。

「デニス、迷宮へ行っているようだが、探索者にでもなるつもりか？」

この世界には、迷宮に潜り中の貴重品を採取する迷宮探索者と呼ばれる職業が存在する。そのギルドもあり、王都にはギルド本部、大きな都市には支部がある。

「そのつもりはないです」

「ふむ。真名が目当てか。真名術でも身に付けるのか？」

「はい。何か技術を手に入れて、独立したいと思っています」

エグモントが頷いた。

「いい心掛けだ。九年前の火事さえなければ、お前にも苦労をかけることはなかったんだが」

「父上、仕方ありません。それより母上はお元気なんですか？」

デニスたちの母親であるエリーゼは、末娘のマルガレーテを連れて実家があるクリュフへ行っている。エリーゼの父親が重病であり、看病に行っているのだ。

クリュフは、ベネショフの北に位置する中核都市で、クリュフバルド侯爵《こうしゃく》が統治する都市だ。主要産業は綿花《めんか》栽培と紡績《ぼうせき》、織物《おりもの》、牧畜《ぼくちく》である。

「元気にしている。だが、義父のイェルク殿は容体が悪いらしい」

イェルクはクリュフバルド侯爵騎士団の副団長を務めていた人物で、身体を悪くして退団した時も大いに惜しまれた人である。

アメリアが寂しそうな顔をする。母親のエリーゼとしばらく会っていないからだろう。

「マーゴは元気にしているかな」

マーゴはマルガレーテの愛称である。家に一緒にいる時は、二人して遊んでいたのでマーゴが寂しがっていないか心配なのだ。

「マーゴも元気だ」

エリーゼから手紙が来て、状況を知っているエグモントは、二人の様子を話した。

朝食を食べ終わったデニスは、アメリアから教会に行こうと誘われた。

「教会で炊き出しをやるの。シスターが手伝う人が欲しいって」

アズルール教会は、神の子と呼ばれる聖人アズルールを信仰する宗教団体である。アメリアがシスターと呼んでいるのは、修道女のクラウディアのことだろう。

「炊き出しか。でも、雨が降っているぞ」

「雨が降っても、お腹《なか》は空《す》くよ」

アメリアの言葉に、なるほどと頷いた。


デニスはアメリアと一緒に教会へ向かった。デニスが大きな傘を持ち、アメリアと一緒に歩く。

一〇分ほど歩いた場所に教会があった。白く塗られた壁が印象的な三角屋根の建物である。

「あらっ、デニス様も来てくれたんですか？」

シスター・クラウディアが出迎えてくれた。年齢は三〇代だろう。ちょっとくたびれた修道服を着ている。

「おはようございます。炊き出しをするそうですね。これをどうぞ」

デニスは大銀貨一枚を渡した。昨日スズを売って稼いだ金である。

「まあ、ありがとうございます。アズルールの祝福がありますように」

アメリアが嬉しそうに見ている。

料理をする場所は、教会の前に張られたテントの下だ。近所の主婦たちが大勢手伝いに来ている。

主婦たちが食材を下処理して、シスターが鍋に入れている。

アメリアは木製の食器を運び始めた。デニスは火の番である。料理が出来上がる前から、襤褸《ぼろ》を着た人々が集まり始めた。

炊き出しは、漁師が教会に寄付した魚とクズ野菜を使ったスープだ。小魚が多いが、魚だけは大量に入っている。

二人のシスターが料理を配り始めると、大勢が集まってくる。

「並んで。ダメよ、小さい子供を押しのけちゃ」

炊き出しを食べている人々の中には、アメリアと同じくらいの子供たちもいた。

「アメリア様」「アメリア」

赤毛とブロンドの少女が、アメリアに近付いて声をかけた。

「来てたんだ。美味《おい》しかった？」

赤毛の少女はフィーネ、ブロンドの少女はヤスミンというらしい。彼女たちの親は九年前の火事で家と果樹園を焼かれ、今でも苦労しているようだ。

「旨かったぜ」「美味しかった」

少し痩せた二人の少女は、嬉しそうに答えた。アメリアがフィーネとヤスミンをデニスに紹介した。

「ブリオネス家の次男デニスだ。よろしくね」

デニスが挨拶すると、二人とも恥ずかしそうにしていたが、しっかりと挨拶を返した。

「デニス様は、エグモント様のお手伝いをしてるんですか？」

ヤスミンが尋ねた。デニスは苦笑しながら、

「いや、領主の仕事は兄上が継ぐことになっているんで、僕は自由にさせてもらっているんだ」

今度はフィーネが少年のような口調で質問した。

「今は何をしてるんだ？」

「岩山迷宮へ行って、亜鉛とかスズを採掘している」

フィーネとヤスミンが驚いたような顔をする。

「迷宮には魔物がいるんだろ。危なくない？」

「迷宮に行く目的の一つが、魔物を倒して真名を手に入れることなんだ」

フィーネの質問に答えたデニスは、迷宮がどんな場所かを教えた。

ヤスミンが何かためらっているような顔をしてから、声を上げた。

「真名って何ですか？」

「存在や原理、現象の真の名前だと言われている。真名が得られれば、真名術が使えるようになるんだ」

アメリアも含め三人は、真名術について知りたがったので説明した。

「へえ、真名術って凄いのね」

アメリアも感心したようだ。フィーネが目をキラキラさせて、お願いした。

「ねえ、デニス様は真名術が使えるんだろ。見せてよ」

持っている真名も一つだけ、大した真名術も使えないデニスは慌てた。

「そ、そうだね。じゃあ簡単なものを」

三人の少女が目をキラキラさせて、デニスを見ている。デニスは精神を集中させ魔源素を集め地面に落ちている小石を包んだ。小石がゆっくりと浮き上がり、デニスの眼の高さまで上昇する。

「うわーっ」「すげえ」「凄いです」

日本なら手品かと言われそうなデモンストレーションだが、少女たちは感心してくれたようだ。

炊き出しの後片付けも終わり、アメリアとデニスは屋敷に戻った。その後は魔源素を制御する訓練を行い、一日が終わる。

翌日、雨も上がったのでデニスは迷宮へ行った。戦闘しながら二階層の鉱床まで進み、一〇キロほどのスズを採掘して入り口まで戻った。太陽は真上にあり、ちょうど昼時のようだ。ライ麦パンを食べて休憩する。そして、採掘したスズを入り口近くの土に埋める。

デニスはスズを溜め込んでおこうと考えたのだ。明日にはリヤカーが完成するので、完成したら一緒に町まで運ぼうと思っていた。

その日、デニスは入り口と鉱床を三往復した。最後の帰り道で毒コウモリを倒した時、頭の中に真名が飛び込んだ。

「やったね。二つめの真名を手に入れたぞ」

デニスの精神内に浮かび上がったのは『超音波』の真名だった。異世界の知識があったので、超音波に関する基礎知識は持っていた。そうでなければ、『超音波』という真名を完全には理解できなかったかもしれない。

「でも、使い道に困る真名なんだよな」

超音波で連想するのは『超音波洗浄』『超音波カッター』『魚群探知機』などだ。『超音波洗浄』は洗剤の代わりに使えるかもと考えたが、布には効果がないと耳にした覚えがある。『超音波カッター』は武器に応用できないかと考えた。だが、実際の超音波カッターは、切るものに押し付けてじっくりと切断するもので、獲物をスパッと切るようなものじゃない。最後の『魚群探知機』は、漁に使えるかもしれない。研究対象として残す価値ありだ。

三往復して、三〇キロのスズを採掘した。但し、今日持って帰れるのは一〇キロだけ、その一〇キロを担いで帰途についた。町に着いてすぐに雑貨屋へ向かい、スズを売った。

「今日もスズですか。スズならあるだけ買い取りますよ」

デニスはカスパルの言葉に疑問を持った。この町や近隣の町ではスズの需要はそんなにないはずだ。それを確かめると、カスパルが笑う。

「北にあるクリュフや東のダリウスに運んで売るんですよ」

クリュフは母のエリーゼが行っている都市であり、ダリウスは王都の近くにある大きな都市だ。王都との交流も盛んなので、金属製品の需要は多いのだろう。

「まあ、いくらでもと言っても、迷宮で採掘できる金属の量は限界がありますからね」

カスパルの言葉に、デニスは顔をしかめた。迷宮の鉱床は規模が小さく、すぐに掘り尽くしてしまうそうだ。その代わりに時間が経つと、鉱床は復活するのだ。

「なあ、迷宮の鉱床が復活するのに、どれくらいかかるか知ってるか？」

「聞いた話では、数ヶ月から一年らしいですよ」

デニスはガッカリした。

◆◆◇◇◆◆◇◇◆◆

探偵とはどんな仕事なのかろくに知らなかった雅也は、事務所のソファーに座り、冬彦から説明を受けていた。

「ふむ、浮気調査や素行調査、それにペット捜しか」

「その他にも、浮気のアリバイ工作などの小さな依頼もあります」

「へえ、そんなことも……。それで、この探偵事務所が得意としているのは、何だ？」

雅也の質問に冬彦が考え込む。その姿を見て、雅也は気づいた。得意分野ができるほど、この探偵事務所は仕事をしていないのだ。

「いや、質問の仕方が悪かった。この事務所は、どんな依頼を中心に営業していくつもりなんだ？」

「本当は殺人事件なんかの推理をしたかったんです」

雅也はアホなのかという目で冬彦を見た。

「分かってる。僕だって探偵学校に行ったんだ。探偵が殺人の捜査をしないのは知っています」

「探偵学校に行くまでは、推理とかすると思っていたんだな」

冬彦が目を逸らした。雅也が溜息を吐いて、質問の答えを求めた。すると、浮気調査だと答えが返る。

「妥当な選択だな。それで集客の方法は？」

「タウン情報誌やネットで宣伝を」

念のために宣伝用のウェブサイトを見た。軽薄そうな笑いを浮かべた冬彦がドーンと表示されている。

「こんなサイトじゃダメだな」

冬彦が腑《ふ》に落ちないという顔をする。割と気に入っているらしい。

「何がダメなんですか？　僕のナイスな笑顔で悩める人々を惹きつけ、この事務所に呼び込むというコンセプトなんですが」

雅也は唸《うな》り声を上げた。真面目な顔をしている時、冬彦は好男子の部類に入るだろう。だが、笑った顔が軽そうなのだ。何が軽いかというと、口が軽い、考えが軽いという軽薄な印象である。

「冬彦は笑った顔より、真面目な顔をしている時の方がいいんだ」

「僕は、このサイトを気に入っているんです」

雅也はもう一度溜息を吐く。

「はっきり言おう。冬彦、お前の笑い顔は軽薄そうに見える。お客さんの前では、見せない方がいい」

冬彦の顔が『ガーン』という劇画調になった。

「そんな……ヒドイ」

このサイトを見た人間は、絶対に依頼しないと思う。そう確信が持てるほどのサイトを誰が作ったのか、疑問が湧いた。

「このサイトは、業者に頼んで作ってもらったのか？」

「いや、親戚の中学生が、こういうのが得意なので」

「納得した」

業者に頼んだのなら、もう少しマシなものになっただろう。ちゃんとした業者に頼むことにした。それから二週間ほどは、見習いとして探偵の仕事をする。サイトを作り直してからは、依頼も増えた。ただ、冬彦が望んでいたようなものではなく、迷子ペット捜しの依頼である。

事務所のある都市は、街の中心街から離れると住宅地が広がっている。そこではペットを飼っている家が多いらしい。

「先輩、そっちに行きましたよ」

雅也と冬彦は、空き地に追い込んだ迷子猫を捕まえようと奮闘していた。目的のシャム猫は、動きが素早く捕獲に苦労している。

雅也は頬を引っ掻《か》かれ傷を負いながらも、シャム猫を捕まえた。

「ふうっ、酷い目に遭った」

「さすが先輩です。今月は三件目の成功ですよ」

「そうだな。でも、引っ掻き傷が増えたぞ」

「名誉の負傷です」

「猫に引っ掻かれて、名誉も何もないだろ」

「先輩が鈍臭いんですよ」

「酷い言い方だ。前に軽薄だと言ったことを根に持っているのか？」

「違いますよ。現に僕は無傷です」

雅也自身、自分の肉体が衰えているのを分かっていた。ここ数年、仕事が忙しく机にしがみ付いて設計の作業ばかりをしていた。学生時代までは、友人と山に登ったり海に行ったりしていたので、そこまで肉体の衰えを感じなかった。だが、三〇を過ぎた頃から、衰えたと感じる時が多くなった。

「身体を鍛えようかな」

「僕が通っているジムを紹介しましょうか？」

「んー、ただ身体を鍛えるだけじゃな。何かスキルアップに繋がるようなものはないか？」

冬彦が困惑する。

「スキルアップって……何です？」

「武術を習うとかさ」

「探偵のスキルアップに武術は関係ないような気がしますが、一人、武術家を知っていますよ」

雅也は疑わしそうに冬彦を見た。

「何です、その目は。高校生の頃、武術を習いたいと父に言った時、探してくれた先生なんですよ」

「ほう、貴文《たかふみ》さんが探したのなら、信頼できそうだな」

「どういう意味ですか」

貴文というのは、冬彦の父親で物部ホールディングスの会長である。物部グループを大きくした人物であり、財界で大きな影響力を持つ傑物《けつぶつ》だった。

冬彦が言った武術家というのは、探偵事務所から車で二〇分ほどの屋敷に住んでいた。冬彦に案内されたそこは、武家屋敷のような建物に、道場らしいものが併設されている。屋敷にいたのは、笑顔が優しげな初老の小柄な男性だった。

「宮坂《みやさか》師範、お久しぶりです」

「ふん、冬彦か。半年で逃げ出したお前が、また訪ねてくるとは」

「やだな。逃げたわけじゃないですよ。ちょっと忙しくなっただけです」

宮坂師範は幼い頃から少林寺拳法を学び、後に一刀《いっとう》流と示現《じげん》流の剣術を学び独自の宮坂流を創設した猛者《もさ》だという。

「初めまして、冬彦の友人の聖谷雅也です」

「宮坂弦蔵《げんぞう》だ」

雅也と宮坂師範が挨拶を交わした。宮坂師範は自宅の道場で少林寺拳法を教えているらしい。生徒は小学生から中学生までの少年少女が多く、高校生になると受験勉強で辞めるそうだ。

「ここに来たということは、少林寺拳法を習いたいのかな」

雅也は頭を下げ、

「はい。ただ、少林寺拳法だけでなく剣術も、お願いします」

宮坂師範が驚いた顔をする。

「それはまた、珍しい。理由を訊《き》いてもよいかな?」

雅也は少し考えてから、猫に付けられた傷を見せる。

「現在、冬彦のところで探偵をしているのですが、迷子猫に引っ掻かれることが多いんです。昔なら避けられた攻撃に反応できないんですよ」

宮坂師範が奇妙な顔をした。

「すると、猫と戦うために武術を習いたいと?」

「それに身体が鈍ってきたので、少し鍛えようと考えています。そんな理由じゃダメですか?」

「いや、ダメではないが、中途半端なものになりそうだと思ったのだ」

「師範にとって、良い弟子にはなれないかもしれません。それでも良ければ、お願いします」

宮坂師範は入門を許可した。元々来る者は拒まずだったようだ。雅也は原付バイクを買って、バイクで道場に通うようになった。


雅也が宮坂道場に入門した最初の頃。少林寺拳法の構えや体捌きなどの基本を教えてもらった。

最初は筋肉痛となり、仕事にも支障をきたしたが、その筋肉痛が治まると急速に技を吸収した。

それには雅也自身と、教えている宮坂師範も驚いた。

「雅也君、以前に何か武術をやっていたのかね？」

「いえ、全然やっていません。プロレスとか、キックボクシングの試合を見るのは好きですけど、実際に習ったことはありません」

「そうか。なら、今日から宮坂流の立木打ちをやってもらう」

立木打ちとは、樫《かし》や椎《しい》などの二メートルほどの硬い丸太を七〇センチだけ土に埋め、その丸太を棒で打ち込む練習法である。元は薩摩藩《さつまはん》の示現流で行われてきた練習法だ。宮坂流では構えや足運び、太刀の振りに独自の工夫があり、示現流とは少し異なるらしい。

練習場所である近くの山の頂上まで駆け上がると、五本の丸太が地面に突き立てられていた。

「どれでも好きな丸太を選んで、立木打ちを始めなさい」

雅也は適当に選んで、教えられた通り示現流の『蜻蛉《とんぼ》』の構えではなく上段の構えを取る。そして、丸太に歩み寄り、「シャーッ！」と気合を発して全力で打ち下ろした。ガシッと丸太に棒が打ち付けられると、衝撃で手が痺れた。これを何回繰り返せばいいのかと考えると泣きたくなる。

気合と共に一〇〇回ほど打ち込むと限界が訪れた。雅也は宮坂師範に顔を向ける。

「限界です」

宮坂師範が笑う。こうなるのを予想していたのだろう。

「まあ、最初はしょうがない。ただ言っておくが、最終的には一〇〇〇回ほどの打ち込みが行えるようになってもらうぞ」

「……無理」

「今はそうだろう。明日の朝が大変だろうが、頑張ってくれ」

宮坂師範の最後の言葉は、意味が分からなかった。だが、翌日腕が上がらなくなっていた。酷い筋肉痛で動かせない。

「こういう意味か。今日が休みで良かった」

食事をするにも歯を食いしばらなければならないほどである。

「こういう時、夢の中にあった魔源素があればな」

ただの気まぐれで、夢の中でやったように精神を集中し魔源素を感じ取ろうとした。その時、頭の中でカチッと何かのスイッチが入ったように感じた。

次の瞬間、あり得ない手応えを感じる。空気中に魔源素の存在を感じたのだ。

「………馬鹿な……あれは夢の出来事だったはず」

しかし、確かな手応えがある。雅也は感じられる範囲の魔源素を集めた。夢と同じように魔源素ボールが形成された。それも迷宮で集めた時のような大きさである。

「どういうことだ。地球には迷宮と同じ濃度の魔源素が存在するというのか」

雅也の頭の中は混乱していた。魔源素を感知した直後から、精神内部にある存在を感じたからだ。夢の世界で『真名』と呼んでいたものである。

「おいおい、あれは夢じゃなかったのか。そうすると、俺は『魔源素』と『超音波』の真名を持っていることになる」

精神を探ると確かに二つの真名が存在する。

　さらに精神の奥を探り、デニスの魂を探し当てた。雅也はその魂に語りかけてみた。返事はないが、デニスの魂が反応するのを感じた。一方通行ではあるが、コミュニケーションが成立した瞬間である。

　雅也は夢が本物だったとすると、それが自分だけに起きた現象なのかが気になり始めた。すぐにパソコンを立ち上げ、調べ始める。

　不思議なことに魔源素ボールを作った後、腕の筋肉痛が和らいでいた。魔源素を集めたことが何か影響しているのかもしれない。だが、痛いことには変わりはない。痛みを堪《こら》えながらキーボードを打ち、不思議な夢について検索する。

「ヒットするものが多すぎて分からんな。もう少し絞り込むか」

　雅也が思い付いた単語で検索すると、いくつかヒットした。

　夢占いに関するウェブサイトに、明晰夢を見たという女性の話が書かれていた。毎晩、異世界のメータという少女の意識と一緒になり、生活するというものだ。他の事例も調べたが、雅也と同じ世界を体験しているようだった。

　調べを進めているうちに、この現象が日本だけではなく世界中で発生していることに気づいた。まだ騒いでいる者はいないようだが、異世界で真名を手に入れた者が現実世界でも真名術を使えると分かれば、必ず騒ぎとなるはず。

「誰か相談できる人がいればいいんだが」

　冬彦の顔が脳裏に浮かんだ。奴に話したら絶対に喋《しゃべ》る。そう判断し即座に排除した。代わりに、脳裏に浮かび上がった顔があった。雅也の出身大学である明神中央大学《みょうじんちゅうおう》の物理学教授であり、恩師でもある神原《かんばら》教授だ。今は退官し、独自に研究を続けているはずである。横浜《よこはま》の自宅にも招待されたことがある。

神原教授は日本では珍しい建築物理学の権威だ。趣味で様々な研究をしており、学生からも人気が高かった。スマホに連絡先が残っていたので早速連絡する。教授は快く相談に乗ることを承諾してくれた。電車で近くまで行き、徒歩で教授の家まで行く。教授の家は、ちょっとした庭のある普通の一軒家だ。

出迎えてくれたのは、教授のお嬢さんだった。二十代前半といったところの、教授には似ていない、小動物を連想させる可愛い女性だ。雅也は思わず胸が高鳴るのを感じた。

彼女に通された書斎で待っていた教授は、最後に見た頃より歳を取ったように見えた。髪が真っ白になり、顔に刻まれたシワが深くなっている。

雅也は明晰夢の話をした。次いで雅也が真名について話そうとした時、

「ちょっと待て、夢の話なんだな。儂《わし》にとっては専門外だ」

教授は何故か娘を呼んだ。先ほど出迎えてくれたお嬢さんが、部屋に入ってきた。

「小雪《こゆき》は、大学で心理学を専攻しておる」

拒否することもできず、もう一度明晰夢について話した。父親と同じところで娘も話を止めた。

「聞いた限りでは、単なる明晰夢のようですね。ただ連続で同じ夢の続きを見るというのが変です」

「これがただの夢だったら、そうなんですが……。夢じゃなく実在する異世界のようなんです」

父娘《おやこ》の目が、可哀想《かわいそう》な人を見るような目に変わる。

「その目はよしてください。理由があるんですよ」

「理由？　どんな？」

雅也は世界中に同じような明晰夢を見る人が、大勢いることを一つめに挙げた。

小雪がちょっと首を傾げ考え始める。その様子が可愛いので、雅也は見つめてしまう。

「おい、君。汚れた目で小雪を見るんじゃない」

雅也は慌てて視線を逸らし、

「汚れた目というのは酷いな。あんまり可愛かったんで、見てしまっただけですよ」

小雪が頬を赤く染める。

「もう、聖谷さんたら」

それを見た教授の目が、険しいものに変わる。

「手を出したら……分かっているな」

教授の目が本気だった。

「も、もちろんです、教授。ところで、理由はまだあるんです」

「それは何かね？」

「話に出た真名なんですが、どうやら頭の中にあるようなんです」

教授が、やれやれというように溜息を吐いた。完全に疑われているようだ。

「魔源素の存在を証明できます」

「どうやって証明するのかね？」

「魔源素を集め、物を動かすことができます」

「まさか、手品でも見せようというのではないだろうね」

「手品を疑うのなら、何をどのように動かすか、教授が指定してください」

教授がいたずら小僧のようにニヤッと笑った。

「ならば、秘蔵の和菓子消しゴムを持ち上げてみせよ」

神原教授は、消しゴムコレクターのようだ。壁際に並んでいる収納ケースの中に、コレクションのケースがあり、中には数十種類の和菓子消しゴムが入っていた。雅也は教授が変わり者だと知っていたが、思っていた以上に変な人物のようだ。教授はその中からたい焼き消しゴムを取り出し、机の上に置いた。五センチほどのたい焼きそっくりな消しゴムである。ちなみに、たい焼きの消しゴムを選んだのは、自分のコレクションを自慢したかっただけらしい。

「さあ、動かしてみろ」

雅也はたい焼き消しゴムに手をかざし、精神を集中する。魔源素を掻き集め、たい焼き消しゴムを包み込む。

「んんん……」

さらに集中した雅也は、唸るような声を上げながら、魔源素への制御を強化する。たい焼き消しゴムが揺れゆっくりと持ち上がる。

教授は眼を飛び出させんばかりに驚いている。その後、二人はからくりがあるんじゃないかと探し始めた。だが、見つからない。最後には事実を受け止めた。

真名術が存在すると認めた神原父娘は、雅也から搾《しぼ》り取るように異世界と真名術について知識を吐き出させた。おかげで雅也は疲れ果ててしまった。

◆◆◇◇◆◆◇◇◆◆

明晰夢で異世界を見ることに関して、雅也は騒ぎになっていないと思っていたが、実際はその時既に気づいて調査に乗り出した国があった。アメリカ合衆国である。

事の発端は、ロサンゼルスで起きた交通事故。盗難車を発見したパトカーが、その車に停《と》まるように命じたところ、急加速して逃げ始めた。当然、カーチェイスに発展。何度も事故を起こしそうになりながら逃げる盗難車が、大通りの十字路を突っ切ろうとした時、信号は赤だった。進行方向には学校帰りの児童がおり、誰もが惨劇を予想した。

だが、恐怖で逃げられない子どもたちの前に、三〇歳くらいの男が飛び出し、撥ねられることなく車を受け止めたのだ。車は重く硬いものにぶつかったようにフロントが潰れ、男の足元のアスファルトは抉《えぐ》れていた。

あり得ない光景だ。車が子どもたちの五〇センチ手前で完全に停まった時、その場の全員が唖然《あぜん》とした表情で男を見た。男は車から離れ、バタリと倒れた。

「救急車だ。救急車を呼べ！」

追いかけてきた警官が呼んだ救急車ですぐに男は搬送された。ところが、異常はそれだけに留《とど》まらない。搬送先の病院で、男の腹部にある裂傷がみるみるうちに再生していくのを医師が目撃したのだ。

医師の報告は数日後、ロサンゼルス市のクレイグ市長の元に届く。

「この報告書を書いた者は、酒でも飲んでいたのかね？」

クレイグ市長は秘書に尋ねた。

「いいえ。内容は異常ですが、書いた者は正気です」

「この男、バートランド・ウェインライトという名前だそうですが、人間を超えた筋力と回復力を持っています」

「生まれつきなのか？」

「それが……報告書の後半に書いてあるのですが、ある夢がきっかけで身に付いた能力だそうです」

「能力だと？　それは後天的に取得できるものだと言うのかね」

「そうです。ただ……夢の中で能力を手に入れたらしいのです」

「夢の中？」

秘書はバートランドの明晰夢の内容を話した。

「夢の話をされてもな」

「もしかすると、実在する異世界の話かもしれません」

「パラレルワールドかね。冗談じゃない。証拠は？」

秘書は資料を取り出して市長に見せた。その資料には、バートランドが証言する異世界と、同じ世界を夢で見ている人々の証言が記述されていた。

「それらの証言から、真名術と呼ばれる魔法のようなものがある世界が実在する、と提唱する者たちがいます。そして、その証拠がバートランドが持つ能力なのです」

「彼が持つ能力とは、どんなものなのかね？」

「彼は『魔勁素』『剛力』『硬化』『自然治癒』という真名を持っているようです。それを元に真名術を駆使すれば、パワードスーツを着た戦士のような働きができるそうです」

「それは凄い。私も彼に会いたいな。時間を調整してくれないか」

「承知しました」

クレイグ市長はバートランドに会い、その能力を見た。そして、彼の話が真実だと確信し、親交のあるブランドンにそれを話した。だが、大統領の上級顧問を務めるブランドンは、国で対応すべきだとするクレイグ市長の言葉を、大統領ではなく、自身の所属する宗教団体へ報告した。

彼らはサプーレムという教祖を中心に大きくなった団体で、自分たちが『超越者』と呼ぶ存在を神聖なものとして崇拝していた。

「ブランドン卿《きょう》、真名を持つ者を集める必要がある。国より先に探し出せ」

「教祖のお言葉に従います」

ブランドン上級顧問は大統領に報告しなかったが、情報機関の一つが共通する明晰夢を見る人々の存在と、人間を超越した力を持つ者たちについての情報を報告していた。米国政府は、明晰夢を見る者を『クールドリーマー』、真名を持つ者を『真名能力者』と名付け、世界中で探し始めた。

これにより二つの集団が、『真名能力者』を探す競争を始めたことになる。

◆◆◇◇◆◆◇◇◆◆

米国政府がクールドリーマーを探し始めた一方で、日本の雅也は修業を続けていた。たるんでいた身体も、立木打ちを続けたことで絞られ、筋肉質になりつつあった。

探偵業の方は相変わらずで、その日も雅也たちは迷子の三毛猫を捜していた。

「先輩、見つけました？」

「似ている奴はいたんだが」

この一帯は野良猫が多いらしく、既に何匹かの三毛猫を見つけている。だが、どれも捜している猫とは違った。

「あっ、あいつじゃないですか」

冬彦が三毛猫を見つけて走っていった。何だかペット探偵が板についてきている。冬彦は手に持った餌で誘い、三毛猫を捕まえた。

「やりましたよ、先輩」

雅也は傍《そば》に寄って三毛猫を確認した。捜している猫より、黒い斑《まだら》の数が多い。

「残念だが、この猫も違う。よく見ろ、黒い斑の数が写真の猫より多いだろ」

冬彦がガッカリした顔になった。だが、何か思い付いて元気になる。

「大丈夫ですよ。斑の数が違っても、お客さんにサービスしておきましたと言えばいいんです」

雅也が無言で冬彦の背中を叩いた。バシッと痛そうな音がして、捕まえていた猫が逃げ出した。

「痛っ、痛いですよ、先輩。ツッコミの範囲を越えてます」

「あっ、悪い。最近、急に力が強くなったんだよ」

「宮坂師範にしごかれているからですか。筋肉痛はなくなったみたいですね」

「まだまだ、俺も若いってことかな」

「そう言う時点で、年寄り臭いんですけど」

「ふん、言ってろ。そのうち武術の達人になって、見返してやるから」

「武術の達人より、猫捜しの名人になって欲しいんですが」

「嫌だね。武術の達人ならモテそうだけど、猫捜しの名人は全然モテそうにないだろ」

「なるほど」

雅也と冬彦は会話を続けながらも猫を捜し、夕方近くになって迷子猫を発見した。仕事が終わり、雅也は道場に向かった。道場で道衣に着替え、棒を持って外へ出る。外で宮坂師範を見つけ、挨拶をした。

「これから立木打ちか？」

「はい」

「山道は暗いから気を付けろよ」

「軍用懐中電灯を持ってますから、大丈夫です」

雅也はそう言って駆け出した。

山の頂上まで一気に駆け上がり、立木打ちの練習場所で呼吸を整える。懐中電灯を木の枝に置くと、ちょうどいい明かりになった。

そして雅也は立木打ちを始めた。雅也の叫び声と丸太を打ち付ける音は、山の頂上付近が窪地《くぼち》となっていることで下には響かない。近所の迷惑を考えず、思い切り修業することができた。

五〇〇回ほどの立木打ちを終えてから、周囲の魔源素を集める。こうすると、肉体の疲労が取れるのを感じた。集まった魔源素を吸い込むことで、身体の細胞が活性化するのかもしれない。

普段なら集まった魔源素をそのまま放出するのだが、今日は試そうと思ったことがある。棒に魔源素を纏《まと》わせ、丸太を叩いたらどうなるかと思い付いたのだ。

集めた魔源素を棒の先端二〇センチほどの部分に纏わせる。その状態で棒を構え、新しい丸太に振り下ろした。棒が丸太に命中した瞬間、奇妙な手応えを感じた。

叩き付けた力が何かに吸収されたような感覚。まるで、棒にゴムを巻いているかのようだ。命中した丸太の部分をチェックしてみても無傷であった。

「駄目だな」

帰ろうと思った時、試していないことがあるのに気づいた。『超音波』の真名である。この真名は超音波と呼ばれる領域の振動を発生させ、超音波を感知する能力を与えてくれる。

『超音波』の真名の利用自体は試したことがある。握った棒に直接、超音波を付与してみたのだ。

結果、握っている手に痛みが走って手放してしまっただけで、失敗であった。

雅也は棒に纏わせた魔源素を振動させてみた。手に痛みは感じない。その状態で棒を振り上げ、丸太に叩き付けた。

すると、丸太が真っ二つとなった。切り口を見ると、刀のようにスパッと切れているのではなく、電動ノコギリのように無数の刃が丸太を削り取ったような感じになっていた。

雅也の背中から冷たい汗が噴き出す。

「やばい……。こんなものを人に使ったら、人殺しになる」

その日、雅也は驚異的な武器を手に入れた。『魔源素』と『超音波』を組み合わせ、一撃の威力を高めるそれを、雅也は『震粒《しんりゅう》ブレード』と呼ぶことにした。

第二章：新しい真名術と王都

　太陽の光を感じて、デニスが目を覚ました。日本と呼ばれる国で雅也が発見した知識が、デニスの頭に流れ込む。

「魔源素に超音波を組み合わせるのか。活《い》かすには、どうしても剣技が必要だな」

　雅也が習い始めた宮坂流という流派の技が気になった。この世界にもいくつか剣の流派が存在する。父親であるエグモントが習ったのは、クルツ細剣《さいけん》術という流派である。

　首や太腿《ふともも》、手首などを狙う対人剣術であるクルツ細剣術と違い、宮坂流は全身全霊の一撃で相手を選ばない強さを発揮する。

　魔物を相手にするデニスにとって、一撃の威力を高める方が魅力的であった。雅也が『震粒ブレード』と呼ぶ技術はうってつけだ。早速、記憶を頼りに雅也が習っている拳法と剣術の鍛錬を始めた。

　もちろん、練習相手などいないので、一人でできるものだけだ。その点で言えば、立木打ちは最適だった。デニスは近くの砂浜に丸太を数本立て、棒を打ち込み始めた。

　立木打ちは、砂浜のような場所では大きな音を響かせる。近くに住む者たちはデニスの奇妙な練習にすぐに気づいた。エグモントはデニスの立木打ちを見て、

「そんな力任せに叩くだけの剣で、人は倒せんぞ」

　と釘を刺したのだが、デニスはそれに反論した。

「斬《き》る相手は魔物です。これくらいでちょうどいいんです」

エグモントは肩を竦《すく》め立ち去った。面白がった住人の中から見学する者も現れた。だが、参加しようと思う者はいない。

一ヶ月の練習で、棒を振る様もしっくりくるようになったと感じた。

「そろそろ、迷宮の三階層に行くか」

デニスが三階層に下りるのをためらっていたのは、毒コウモリに加えて赤目狼《あかめおおかみ》という強敵が出現するためである。赤目狼は、眼の周りに赤い毛で縁取りがあることからその名が付いた。大型犬ほどの大きさがあり、鋭い牙で人間の喉笛を簡単に噛み切る危険な魔物だ。

本によれば、赤目狼から得られる真名は『嗅覚《きゅうかく》』である。犬並みの嗅覚の持ち主になれるという。

岩山迷宮に向かったデニスの装備は、狩り用の服にパンや水筒の入ったリュック、それに戦鎚と硬い木の棒である。

迷宮に着くと、スライムは相手にせず二階層へ下りた。毒コウモリは避けようがないので、襲ってくる敵を棒で叩き落とす。飛び回るそれの急所に正確に当てるのは難しく、苦戦を強いられた。

ようやく三階層へ下りる入り口に辿り着いた。デニスは用心しながら下りていく。この階層も、壁が石で造られた迷路のような場所だった。

下りてすぐが三叉路《さんさろ》となっていたので、デニスは左の通路を選んだ。

いつ赤目狼と遭遇しても大丈夫なように『震粒ブレード』を用意する。周囲から魔源素を集め、棒の先端部分を覆う。次に超音波領域の振動を与えると、震粒ブレードが完成した。

高速で振動する魔源素の刃『震粒刃《しんりゅうじん》』を持つ武器なので震粒ブレードであるらしい。一部を英語にしただけのそれは、雅也の命名センスに期待してはいけないという好例だった。

震粒刃を完成させるのには三〇秒ほど必要になり、また、維持にも精神力を消耗する。

（一瞬で完成させられるようになればいいんだけど……）

考えているうちに、通路の先から気配が近付くのに気づいた。デニスは震粒ブレードを構える。

黒い弾丸のように走ってきた赤目狼が、デニスに飛びかかった。スライムや毒コウモリとは段違いの恐怖心が湧き起こる。

「……！」

恐怖を堪え、上段に構えた震粒ブレードを振り下ろす。震粒刃が赤目狼の頭に命中し、皮を斬り裂き頭蓋骨を割った。致命傷だ。デニスの手には、痺れるような手応えが残った。倒れた狼は溶けるように消えた。

「ふうっ、何とか仕留められた。……あれっ」

気を抜いた瞬間、魔源素の制御が解かれ、震粒ブレードが消えていた。

「まずい！」

デニスは急いで震粒ブレードを形成する。この隙に赤目狼に襲われれば死んでいただろう。なんとか持ち直したデニスは、三階層の奥へ進んだ。途中、二頭の赤目狼と遭遇し、苦戦しながらも仕留めた。さらに二〇分ほど進むと、ようやく小ドーム空間を発見した。

中を覗くと、三頭の赤目狼と目が合った。攻撃方向を限定するため、入り口で戦うことを選ぶ。

先頭の赤目狼がデニスの喉笛を狙って飛びかかってきた。夢中で震粒ブレードを振り回すと、偶然にも首に命中して致命傷を与えることができた。最初の一頭を仕留めたことで、デニスは冷静になれた。震粒ブレードの制御を手放さないように気を付けながら、二頭めに相対する。

二頭めは警戒するようにデニスを睨みながら唸り声を上げた。それに答えるように、デニスが叫び返す。

「来い！」

その気合に反応して、赤目狼が右に跳んでから襲ってきた。デニスは練習通り、気合と同時に上段から震粒ブレードを振り下ろした。

「シャーッ！」

叫び声が響き、震粒ブレードが赤目狼の顔面を抉る。仕留めたと思った瞬間、最後の一頭が迫っていた。デニスは間合いを取ろうと下がったが、それがまずかった。素早い赤目狼は、既にデニスの懐に入っていた。がむしゃらに袈裟《けさ》斬りを繰り出す。狼の胴体に棒の中心部分が当たった。

棒が吹き飛びそうになるが、指に力を込め赤目狼の突進を弾く。気づいた時には、震粒刃が消えていた。デニスは血の気がさあっと引くのを感じた。

こうなったら棒だけで何とかするしかない。デニスが使っている棒は、樵哭樹《しょうこく》の枝から作ったものだ。樵《きこり》が大声で泣いて愚痴るほどの硬い木である。

「震玉弾《しんぎょくだん》が使えれば……」

震粒ブレードが成功した時、震玉弾というアイデアも出ていた。魔源素ボールに震粒ブレードのように振動を与えて敵に飛ばす攻撃法である。

しかし、震玉弾は成功しなかった。魔源素をボールの形に維持したまま、超音波領域の振動を与えるところまでは成功するのだが、それを回転させようとするとできなかった。どうやら、同時に二つまでの魔源素操作は行えるが、三つは駄目なようだ。デニスは棒を上段に構え、赤目狼を睨む。不安だらけの状況だった。宮坂流の練習を始めて一ヶ月。酷い筋肉痛の代償として、ほんの少しだけ増えた筋肉と技が頼りである。

狼の赤く縁取られた目には、仲間を殺された憎悪《ぞうお》が込もっている。その目を見ると、がら空きの胴を食い破られそうで、上段に構えるのが不安に感じられた。

だが、宮坂流の最強技は上段からの袈裟斬り。不安に負けて中段の構えにすれば、最速の剣が振るえなくなる。

赤目狼が足を狙って飛びかかってきた。脛《すね》に牙を食い込ませ、引きずり倒そうと考えているのだろう。デニスは練習通りの袈裟斬りを繰り出した。空気を切り裂く音と共に狼の頭部に棒が命中した。確かな手応えを感じると、狼は脳震盪《のうしんとう》を起こしたようにふらふらと向きを変え、後ろを向いた。

デニスはチャンスだと判断し、走り寄り気合を発しながら追撃した。それからは夢中だ。何度も何度も袈裟斬りと逆袈裟斬りを繰り返す。

気づいた時には、赤目狼の姿が消えていた。

息を落ち着かせていると、床に珍しいものが落ちているのが見えた。赤目狼の牙だ。

「へえぇ、ドロップアイテムだ」

ドロップアイテムは希少である。迷宮の魔物を数十、数百も倒さなければ手に入らないと言われている。但し、長生きした魔物からはドロップする確率が高くなるという。

落ちていた牙は、金属でできているような光沢を放っていた。元々、魔物は魔源素で作られているという説がある。ドロップアイテムも魔源素が結晶化したものらしい。

その小ドーム空間には金属鉱床はなかった。疲れを感じたデニスは、今日は帰ることにした。帰りがけに二階層でスズを採掘してからベネショフに戻った。

雑貨屋でスズを売るついでに、赤目狼の牙をカスパルに見せると、彼は目の色を変えた。

「これは魔物のドロップアイテムですな。金貨一枚でどうでしょう」

「えっ、そんなに？」

思いがけず買取価格が高かったので、デニスは驚いた。

牙や角などのドロップアイテムは、武器の強化のために使われるらしい。それらを熔鉄《ようてつ》に入れ製作した武器は、通常のものより頑強であったり、切れ味が鋭かったりするのだと教えられた。

その日、ユサラ川の東側にあるバラス領の領主が、三人の部下を引き連れ、ベネショフを訪れた。

バラス領の領主ヴィクトール・フィン・ブラバラスは、まん丸い顔と大きな鼻が特徴的な男だ。年齢は四〇代で、樽《たる》のようなどっしりとした体格をしている。

エグモントは丁重に出迎え、応接室に案内した。同じ準男爵のはずなのに、エグモントが頭を低くした。

「毎度毎度、催促せねば利息も払わんとはどういうことですかな」

ヴィクトールが不機嫌そうな声を上げた。

ベネショフ領は周囲の領主から借金をしている。その借金が領地経営を圧迫しており、エグモントは苦労していた。彼は無表情のまま頭を下げる。

「申し訳ない。事務処理に手間取っておりました」

ヴィクトールが、不機嫌そうに鼻を鳴らした。

「それで、利息分の返済金は揃ったのかね?」

「それなのですが、金貨一五枚しか集まっていないのです。もう少し待ってもらえませんか」

エグモントがまた頭を下げた。

ヴィクトールはその上から慇懃《いんぎん》無礼《ぶれい》な言葉をかける。

「金貨一五枚だけですか、困りましたね。契約は守ってもらわねば……。それでは書斎の蔵書を代わりにもらいますよ」

エグモントは唸り声を上げた。だが、他に金目のものがないのは分かっている。

「仕方ない」

ヴィクトールは部下に蔵書を運ぶように命じた。部下は屋敷のあちこちを捜し、書斎を捜し当てた。そこでは、デニスが本を読んでいた。三日続けて迷宮に潜ったので、今日は休みにしたのだ。

「どなたです?」

「デニス様ですね。我々は、ヴィクトール準男爵の配下の者です。主の命令で貴家の財産を差し押さえます」

デニスは『差し押さえ』と聞いて顔をしかめた。

「もしかして、ここの本を差し押さえる気ですか?」

「めぼしいものは、本しかないようです」

この世界では本は貴重品なのだ。デニスは書斎の本は読破したが、貴重な本もあり惜しくなった。

「それで、いくら必要なんです?」

「利息分は金貨二〇枚。エグモント殿は金貨五枚が足りないと仰《おっしゃ》るのですよ」

その言葉には棘《とげ》が含まれていた。「領主なのにたった金貨二〇枚も出せないほど困窮しているのか」という侮蔑《ぶべつ》と「お前みたいな若造に金貨五枚がどうにかなるのか」というものだ。

デニスは顔が赤くなるのを感じた。恥ずかしさと同時に、ブリオネス家の苦境について認識を改めた。

金貨一枚の価値を日本円に換算すれば、二〇～三〇万円くらいではないかと、デニスは考えていた。ただ、日本に比べれば食料品や土地が安いので、地球では発展途上国のような経済状況だと思われる。それを考慮すれば、金貨五枚は大金であった。金貨一枚を三〇万円と換算して、一五〇万円。二〇歳にもなっていない若造が用意できる金額ではなかった。

但し、例外はある。迷宮探索者と呼ばれる者たちだ。彼らは命を賭け金に、大金を稼ぐことも可能だった。そして、デニスは駆け出しとはいえ迷宮探索者である。

「蔵書の中のどれを持っていくのです？」

「全部ですよ」

ここの本全部で、金貨一〇〇枚以上の価値がある。

「ヴィクトール殿は、えげつない商売をするようだな」

デニスの言葉に、部下の三人が顔色を変えた。

「主人を侮辱《ぶじょく》するのか？」

デニスは三人を宥《なだ》め、一緒に応接室へ向かった。

「どうした、お前たち。蔵書は運び出したのか？」

「いえ、書斎でデニス様とお会いしまして。ヴィクトール様と話があるそうです」

ヴィクトールがデニスに顔を向けた。

「ほう、何かな？」

「足りない分は、僕が出します」

エグモントがデニスを見た。

「待て、足りないのは金貨五枚なのだぞ」

二人の準男爵は、デニスが金貨五枚もの大金を持っているはずがないと思っているようだ。デニスは首に吊《つ》るしてある巾着《きんちゃく》袋の中から金貨五枚を出し、テーブルの上に並べた。

「これでいいですね」

ヴィクトールが一瞬だけ悔しそうな表情を浮かべてから金貨を集め、自分の巾着袋に入れた。

「半年後には、また来るからな」

そう捨て台詞《ぜりふ》を残して、ヴィクトールたちは帰っていった。

エグモントがデニスを執務室に呼んだ。

「なんでしょう？」

「あの金はどうしたのだ？」

「父上も知っておられる通り、迷宮に潜って稼いだものです」

エグモントは弱々しく頭を振った。迷宮が資金源になることを思い付かなかった自分に怒りさえ覚えているようだ。

「それで探索はどこまで進んでいるのだ？」

「三階層に下りたところです」

「石墨《せきぼく》が採掘できる階層か。金にならん場所だな」

その意見には異論があった。石墨は雅也の世界ではグラファイトとも呼ばれる、利用価値のある素材だと知っていたからだ。

「四階層に下りられそうなのか？」

「三階層の赤目狼には苦戦していますが、四階層には鉄の鉱床があると聞いているので、頑張るつもりです」

ベネショフの鍛冶屋は原料の鉄を他の町から購入していたが、他の町で作られた鉄製品より安くしないと売れないので、あまり儲からないそうだ。鍛冶屋のためにも鉄を手に入れなければと、デニスは決意していた。


翌日から、デニスの迷宮探索が再開された。相変わらず強敵の赤目狼に苦戦しながらも、石墨を採掘して持ち帰った。だが、それらは売れなかったため、屋敷の納屋に貯蔵することになった。

三階層の探索を始めて七日め。五七頭めの赤目狼を倒した瞬間、『嗅覚』の真名を手に入れた。真力を消費し、狼並みの嗅覚を得る真名だ。

通常なら、真力は体内で魔勁素から変換されて供給される。だが、デニスの場合、魔源素から真力への変換が行われる。これには大きなデメリットがあった。魔源素の濃度が薄い場所では真名術の発動が難しくなり、発動しても本来の力を発揮できないのだ。

『魔勁素』の真名を持つ者なら体内に溜め込んだ魔勁素を使えるため、いつでも真名術を発動できる。

デニスが『嗅覚』の真名を得た頃には、宮坂流の剣技が大いに向上していた。実戦で使いながら学ぶという方法は効率がいいのだろう。そのノウハウは雅也にもフィードバックされ、雅也の剣技も向上する。

剣技もそうだが、一番向上したのは魔源素の制御能力である。連続して戦っても、震粒ブレードの制御を手放すことがなくなり、小ドーム空間にいる赤目狼の集団も入り口に陣取って、なるべく一対一になるように戦えば全滅させられるようになった。

デニスは知らなかったのだが、赤目狼の集団を倒せる迷宮探索者は一人前と認められる。

ようやく四階層へ下りる穴を探し当てたデニスは、喜び勇んで下りた。四階層で遭遇する魔物は、鎧《よろい》トカゲである。二足歩行するトカゲで、大型犬ほどの大きさがある。頭から尻尾の先まで鎧のような鱗《うろこ》に覆われており、倒すのが難しい魔物だ。

こんな小さな迷宮にしては、強力すぎる魔物だ。但し、この鎧トカゲにも弱点はある。喉の部分が鎧によりカバーされていないのだ。

「震粒ブレードで喉を突けば、仕留められそうだけど」

『言うは易《やす》く行うは難し』という言葉が頭に浮かんだ。雅也の知識である。

特に、前足にある鋭い爪が厄介だった。デニスが使っている棒は、剣の代わりなので槍ほど長くはない。突きを放てば、相打ちになる恐れもある。

「槍を用意するか。でも、迷宮の中だと通路が狭い場所もあるし、何か考えよう」

デニスは試しに鎧トカゲと戦ってみることにした。もしかすれば、震粒ブレードで鎧が斬れるかも、と考えたのだ。

四階層を少し進むと、鎧トカゲと遭遇した。体高はデニスの胸ほどで、頭部から背中、腹部に至るまでダークグリーンの鎧皮で守られている。この皮は通常の剣では斬れないほど強靭《きょうじん》なものだ。

鎧トカゲが前足をゆらゆらと動かしながら迫ってきた。デニスは震粒ブレードを上段に構え待ち受ける。先に攻撃を仕掛けたのは、鎧トカゲだった。

鋭い爪の生えた前足でデニスの胸を引っ掻こうとした。震粒ブレードが振り下ろされ、その前足を払う。剣では斬れないと言われる鎧皮で覆われた前足に震粒刃が食い込み、強靭な皮を削り取る。

震粒ブレードは前足の半分ほどまで切断し止まった。鎧トカゲがギャアギャアと叫び声を上げて跳び下がる。だが、逃げるようなことはなかった。

執念深そうな目でデニスを睨む鎧トカゲ。前足の一本は力なくだらりと下がっている。不思議なことに血などの体液が出ていない。迷宮に棲《す》む魔物には血が流れていないのかもしれない。魔物が魔源素で出来ているというのは、本当なのかもしれないとデニスは感じた。

鎧トカゲが大口を開けて襲いかかった。震粒ブレードがその肩に叩き込まれる。喘《あえ》ぐような様子を見せた鎧トカゲが倒れた。そして、静かに溶けるようにして消えた。

「こいつは嬉しい誤算だ。鎧トカゲにも震粒ブレードが通用する」

鎧トカゲは防御力に優れているが、赤目狼よりスピードが劣る。その防御力を斬り裂く武器があれば、戦いやすい相手であった。

三匹めの鎧トカゲを倒した後、小ドーム空間を発見した。中には四匹の鎧トカゲが待ち構えていた。戦いは魔物と目が合った瞬間から始まった。

赤目狼に取った戦法が通用するか試してみることにした。入り口に陣取り、なるべく複数と同時に戦うことを避けたのだ。

競い合うように鎧トカゲが走り寄ってくる。だが、入り口は狭く、一匹か二匹がデニスの前に出ると、後の鎧トカゲは後ろに並ぶしかない。

先頭の一匹に震粒ブレードを振り下ろす。肩口から胸が斬り裂かれ、鎧トカゲが後ろに倒れた。そのトカゲは仲間に蹴られて横に転がり、空いた隙間に新しい鎧トカゲが飛び込んできた。その頭に震粒ブレードが食い込む。耳障りな叫びを響かせ、鎧トカゲが床に這いつくばった。素早く震粒ブレードを上段に戻し、とどめの一撃を頭に振り下ろした。

三匹めが襲いかかるのを待って、タイミング良く首の根元に袈裟斬りの要領で打ち込んだ。三匹めは一撃で息絶え、次の鎧トカゲも首の根元の一撃で倒すことができた。

終わりだと一息ついたが、最初の鎧トカゲは死んでいなかったことに気づいた。デニスは床をのた打ち回っている敵に、とどめの一撃を振るい戦いに終止符を打った。

デニスは荒くなった呼吸を整えながら、鉄の鉱床を探した。小ドーム空間の隅に鈍い輝きを見つける。近寄って確かめると、鉄の金属結晶があった。不思議なことに金属は迷宮の中で錆《さ》びないため、光沢で見つけやすくなる。これを外に持ち出すと錆び始めるのだ。

二〇キロほどを採掘して戻り始める。初めの頃は一〇キロが精一杯だったが、この頃は二〇キロを背負っても平気になっていた。日々の鍛錬で体力も向上しているようだ。

地上に戻り、地面に荷物を投げ出し休憩する。水筒からごくごくと水を飲み、身体中に水が染み渡るような感覚を味わう。

「ふうっ、生き返る」

相も変わらず不味《まず》いライ麦パンを食べる。硬すぎるし舌触りが悪い。パンの中にライ麦の表皮が混じっているようだ。

昼飯を食べてから、もう一度迷宮に潜った。午前中に通った通路を進み、小ドーム空間に到着。鎧トカゲが一匹だけ復活していた。他の場所から移動してきたのか、この場所で生まれたのかは分からないが、時間が経つと迷宮内の魔物は復活する。デニスは手早く鎧トカゲを倒し、さらに二〇キロの鉄を採掘した。

地上に戻るとまだ太陽は高い位置にあったが、今日のところは町に戻ることにした。鉄四〇キロは、リヤカーに載せて運ぶ。木工職人のフランツが作ってくれたものだ。全部が木製なので耐久性に問題があるが、四〇キロほどなら問題なく運べる。

町に戻って鍛冶屋に向かった。町の鍛冶屋は、ディルクという名の男である。彼は小柄だが、肩から腕にかけての筋肉が発達しており、鍛冶屋らしい体形をしていた。

「ディルク」

ディルクに声をかけると、ギョロッとした眼が、デニスを見た。

「何だ、デニスかい。何か用か？」

領主の息子だが、跡継ぎではないので気軽に話しかけるのが習慣となっている。本来なら礼儀に反するのだが、デニスにはそれを許す雰囲気がある。実際にデニス自身が礼儀など気にしない性格なのも原因の一つだ。

「買って欲しいものがあるんだ」

「何だ？　食い物なら間に合っているぞ」

「鉄だよ」

「な、何だって！」

ディルクは驚いて大声を出した。デニスがリヤカーにある鉄を見せる。

「鉄だよ。鉄」

「北のクリュフで仕入れてきたのか。高いんじゃねえか？」

「全部で、金貨一枚と大銀貨二枚でどう？」

ディルクが顔色を変えた。

「金貨一枚に大銀貨二枚だと……安すぎる。もしかして、迷宮の鉄か。あそこには鎧トカゲがいただろ。すげえな」

鍛冶屋なのに、迷宮についても知っているらしい。そのことを尋ねると、

「当たり前だ。この町の鍛冶屋なら、一度は迷宮の鉄や銅を採掘に行きたいと思うもんだ」

この町には鍛冶屋が三人いる。ディルクが一番の年長者で、他の二人は彼の弟子だ。三人とも細々と農機具や鍋の製作や修理をして食べている。

ディルクは王都で鍛冶師として働いていたが、事情があって、故郷のベネショフに戻ってきたという。腕は王都の職人にも負けないと言っていた。本当か嘘かはデニスには分からない。

「買うのかい？」

「もちろん、買うに決まってんだろ」

近隣で最大の都市であるクリュフで買えば、確実に三倍の値がする。良質の鉄は高いのだ。雅也

の世界では、鉄はありふれた金属であり、大量生産しているため安いというのが常識だ。だが、この世界では違う。製鉄技術が未発達で、一つの炉で日産一〇〇キロほどが精一杯の世界なのだ。そして、出来上がった鉄も質の悪い鉄だ。人力や水車を動力にしてハンマーで叩き、不純物を取り除く鍛造《たんぞう》により鉄を精錬していた。

とにかく製鉄は、非常に手間がかかるのだ。それは他の金属も同じなのだが、鉄ほど需要がないので、ほとんどの金属は鉱山や採掘場から掘り出さずとも、迷宮から回収される量で足りてしまう。

デニスは鉄を売った代金を持って屋敷に戻った。

「デニス、王都へ行くぞ」

帰るなり、怒った顔のエグモントがデニスに声をかけてきた。

「王都へ……？　何か起きたんですか？」

「ゲラルトが結婚すると手紙を寄こしたのだ」

驚いたが、目出度《めでた》いはずだ。何故エグモントが顔に怒りを浮かべるのか理解できなかった。

「お目出度いことではないの？」

「馬鹿を言うな。ゲラルトは婿《むこ》入りすると書いて寄こしたんだぞ」

『婿入り』。貴族の世界では珍しいことではなかったが、ゲラルトはブリオネス家の長男であり、次期当主である。

「ええーっ、まずいじゃない！」

ゲラルトが婿入りすれば、残るのはデニスだけということになる。だが、デニスは貴族としての教育を受けていない。

デニスはエグモントと一緒に王都へ行くことになった。

王都モンタールはベネショフの東方、徒歩で一〇日ほどの距離にある。デニスとエグモントは、二人だけで旅に出た。妹のアメリアは、体力的に長旅は無理なので留守番である。

ユサラ川を渡し船で対岸に渡り、バラス、ミンメイと東へ進む。地図に載っている町のほとんどは、ベネショフより大きく人口も多かった。しかし、そういう町は数が少なく、街道沿いに存在する集落の多くは地図にも載らない小さな村だ。デニスたちは、そんな村に宿泊しながら旅をした。

不機嫌そうに先を急ぐエグモントと一緒の旅は快適ではなかった。デニスが話しかけても、ろくに返事もしてくれない父親にフラストレーションが溜まる。

「兄さんの結婚相手が、誰なのかくらい教えてよ」

「第二騎兵隊指揮官グスタフ殿のお嬢様だ」

「逆玉じゃないか」

第二騎兵隊といえば、軍でも花形部隊である。その指揮官なら、爵位も男爵であるし、辺境の領主より立場的に上だ。他人が聞けば羨《うらや》ましい限りだろう。だが、エグモントにとっては、裏切りに外ならなかった。エグモントが借金をしてまで長男を王都の学校に入れたのは、立派なベネショフ領の領主になって欲しかったからだ。

八日め。バルツァー公爵《こうしゃく》の都市ダリウスまであと少しという場所に来た時、デニスは後方から気配を殺して尾《つ》けてくる者に気づいた。

「誰かに尾けられている」

「何だと……野盗か？」

エグモントは勢いよく振り向いた。怪しげな二人の男が慌てたような素振りを見せてから、口笛を吹いた。それは仲間への合図だったらしい。

道の左側に広がっている針葉樹の林から三人の男たちが現れた。伸び放題の髭《ひげ》と薄汚れた服。荒《すさ》んだ生活をしている者たちだと分かる。野盗たちが下卑《げび》た笑いを浮かべながら近付いてきた。

「おい、お前ら。金目の物を出しな」

エグモントはデニスにも剣を用意しておけば良かったと後悔した。デニスが武器として持ってきたのは、いつもの樵哭樹の棒とナイフだけである。デニスはリュックを下ろし、棒を構える。そこにエグモントの指示が飛んだ。

「お前は後ろの二人を頼む」

デニスは上段に構えたまま、二人の野盗に向かって突撃した。

「うおおおお――――！」

向かってくるとは考えていなかった二人の野盗は、慌てて剣を構えた。デニスは左側の男に棒を振り下ろした。男は防御しようと反応したが間に合わず、棒は肩に食い込んだ。骨を折る感触が手に伝わる。

野盗は経験したことのない異世界の剣術の威力に困惑した。

残った一人が喚《わめ》き声を上げながら、剣を前に突き出し攻撃する。人殺しの経験があるのだろう。恐れのない腰の入った突きだ。

デニスは上段から、相手の剣を叩き落とすように振り下ろした。剣がカンと弾かれ、棒は反動を活かし、そのまま相手の喉を狙って突き出された。

「ぐふっ」

突きが綺麗《きれい》に喉へ決まった。宮坂流の『払い突き』だ。宮坂流の基本の構えが上段なので、防御も上段から払うように打ち下ろすという技になる。

デニスは素早くナイフを取り出し、倒れている男の首に当てた。一瞬だけ躊躇《ちゅうちょ》した後、掻き切る。肩を打たれて地面でのたうっている男にもとどめを刺した。

「うっ」

返り血が飛んできたのを避け、顔をしかめた。血を見て、人を殺したのだという実感が湧き上がる。思考が停止しそうになるのを必死で堪えた。

こういう状況でなければ、捕縛も考えただろう。しかし、一刻も早くエグモントに助勢しなければならない。後ろを見ると、エグモントが攻め込まれながらも耐えている様子が目に入った。

デニスは無言で走り出した。敵に近付いたところで全力で跳躍。空中で上段に構えたデニスは、エグモントに斬りかかろうとしている野盗の頭に棒を振り下ろした。ボグッという音がして頭蓋骨が陥没する手応え。その男はクタッと倒れた。

「この野郎！」

野盗の一人が叫びながら、デニスに斬りかかった。横から薙《な》ぎ払うような斬撃がデニスを襲う。その剣に対して上から棒が振り下ろされた。

「シャーッ！」

デニスが気合を発し、風を切るヒュンという音がして棒と剣が交差する。次の瞬間、パキンとい

う音が響き剣が真っ二つとなった。安物の剣だったのだろう。

「ひゃっ！」

野盗が上げた奇妙な声が響く。

デニスは容赦なく追撃。素早く振り上げた棒を首に振り下ろした。男は短くなった剣で棒を受け止めようとしたが、勢いの乗った棒を剣ごと首に押し込み気道を潰す。そのまま男は白目を剥《む》いて倒れた。デニスが最後の一人に目を向ける。ブリオネス家の家宝の剣が、野盗の胸に突き刺さった瞬間だった。

エグモントは肩で荒い息をしながら、倒れている野盗たちの遺体を見た。五人のうち四人を、デニスが倒していた。しかも、得物は棒である。

「凄《すさ》まじい剣術だな」

エグモントが呟くように言った。その言葉は誰にも聞こえなかった。デニスは地面に座り込んで呆然とした顔をしている。エグモントは、しばらくデニスをそっとしてやることにした。その間に、遺体を引きずり道の脇に片付け始める。

「ふうっ、金品は持っていないな」

野盗は巾着袋を持っていたが、入っていたのは小銭だった。真鍮貨と銅貨ばかり。とりあえず回収し、一つの巾着袋に纏めてベルトに吊るした。デニスは父親の所業に、大きな溜息を吐いた。

「どっちが野盗か分からんな」

この世界では命が軽いことを改めて実感した。ようやく気力が湧いたデニスは、立ち上がり、折れていない剣を集め肩に担いだ。

デニスたちは次の村に到着してから、野盗について村長に報告した。誰かが遺体を埋葬しなければならないからだ。

そして、一〇日めに王都モンタールに到着。最初にモンタール城の尖塔《せんとう》が見え始め、街並みが目に入る。王城を中心に四方へ広がる街だ。

大通りは石畳で舗装され、馬車が行き交っている。レンガ造りの建物が多い中で、王城だけは石造りとなっていた。高い塀と堀に囲まれた王城は、広さが五〇ヘクタールほど。雅也の記憶を頼りにするなら、千葉《ちば》にある有名テーマパークと同じくらいである。

王の住まいと執務室、謁見《えっけん》の間、閣議の間、衛兵控室などがある中央城は、白い大理石で造られている。外見から白鳥城と呼ばれている華麗な城だ。王城の周りには貴族の屋敷が建てられ、貴族街を形成している。準男爵であるブリオネス家の屋敷も、貴族街にあっても良いはずなのだが、存在しない。

貴族街に屋敷を建てるほど裕福だったことが一度としてないからだ。悲しい現実だった。

宿で休息した翌朝、ゲラルトと会うために王都警備軍の事務局へ向かった。そこでゲラルトへの面会を申し出て、事務局の待合室に呼び出してもらうと、程なくして軍服を着たゲラルトが現れた。

「父上、デニス、久しぶりです」

元々ゲラルトは朴訥《ぼくとつ》な感じの少年だったのだが、都会で洗練されたのか、デニスの目から見てもイケメンになっていた。

「手紙を読んで、飛んできた」

エグモントの言葉で、顔を曇らせるゲラルト。

事務局の外にある休憩所に行って、エグモントとゲラルトは話し始めた。ここは兵士が訓練の合間に休憩を取る場所で、今は誰もいない。

ゲラルトの話によると、相手の家は跡継ぎが娘のカサンドラだけらしい。そこから先は、デニスに聞かせたくなかったらしく、少し離れた場所で話が済むまで待たされた。

風に乗って、『跡継ぎ登録』『王家』『借金』という言葉が聞こえてきた。前の二つはよく分からないが、最後の『借金』は想像が付く。ゲラルトは借金まみれの領地など継ぎたくないのだろう。デニスが兄の立場だったとしても、同じように考えるかもしれない。

エグモントは先方の父親であるグスタフも交えて話をすることになったらしく、一度宿に戻り夕方出掛け、深夜に戻ってきたようだった。翌朝、デニスが起きると部屋の中に酒の臭いが漂っていた。昼頃に起きたエグモントは、またデニスを置いて出掛けた。

宿で寝ているのにも飽きたデニスは、街に出てぶらぶらと歩いた。妹に、商店街で売っているお土産を買って帰ろうと思ったのだ。ずらりと並んだ商店の列に、デニスは日本を連想した。

一つ一つの店は小さいが、ベネショフの町にはない商品が溢れている。宝飾店・薬屋・料理屋・古着屋・八百屋・反物《たんもの》屋・仕立て屋・金物屋・武器防具屋など様々な店が軒を並べていた。

デニスは武器防具屋に入った。野盗から回収した剣を売るためだ。

「この剣を買い取って欲しいんだけど」

主人らしい男に話しかけた。

「どれどれ、品物を拝見いたしましょう」

デニスが剣を渡すと、鞘《さや》から抜いて確かめる。

「これはクムで大量生産された剣ですな」

クムは王都の南東にある鉱山都市である。迷宮産ではなく本当の鉱山から採掘した金属鉱石を精錬加工している都市だ。

予想通り安値で買い叩かれた。それでも大銀貨二枚になったので、使えそうな剣はないかと見て回る。良質な剣は金貨数枚という値が付いており、とても買えない。

新しい武器を諦めきれずに店内を回っていると、隅に置かれている樽に十数本の棒が突っ込まれているのが目に入った。

樽の中にあるのは、使い古しの棍棒《こんぼう》や穂先がない柄だけの槍で、いわゆるジャンク品であった。だが、その中の一つにデニスの興味を惹いたものがあった。

見た目は黒い木製の棒である。長さは九〇センチほどだろうか。何か塗ってあるのかと思ったが、木の地肌が黒いようだ。デニスの知らない木で作られている。

「おじさん、これは？」

デニスが黒い棒を取り上げた。予想以上にズシリとくる重量感で、練習で使っている棒より重いだろう。

「うん、そいつか。そいつは聖人アズルールが使ったと言われる聖なる杖だ」

「絶対、嘘でしょ。そんなものをジャンク品と一緒に樽に入れているわけないだろ」

主人がニヤリと笑った。

「よくぞ見破った。単なる謎の棒だ。頑丈で重いのが特徴だが、重すぎて使える者がいなかった」

この棒に刀身を付けて、薙刀《なぎなた》や長巻《ながまき》のような武器にしようとした者もいたらしいが、柄の部分の棒が重すぎて、バランスが非常に悪かったらしい。ロングソードの三倍ほどの重さで、木製だが水に浮きそうにもない。ただ、デニスはこれを気に入った。主人に値段を尋ねる。

「金貨一枚でどうだ？」

「高すぎる。ここに置いてあることから推測すると、長いこと売れなかったんじゃないか」

主人がこめかみをピクリと痙攣《けいれん》させた。

「しっかりしているな。大銀貨四枚だ」

ここから本格的な値引き交渉が開始され、結局大銀貨二枚となった。デニスは棒を『金剛棒《こんごうぼう》』と名付け、迷宮で使うことに決めた。

店を出たデニスは古着屋に向かった。アメリアへのお土産を買うためである。新品の反物を買うには資金が足りないので、古着で勘弁してもらうつもりだ。

この国の衣料は高価である。麻織物・綿織物・毛織物・絹織物と、雅也の世界と同じような種類の布があり、この順番で高価になっていく。絹の反物となると金貨五枚はくだらない。古着であっても絹織物で作られたものは高く、金貨一、二枚もする。

古着屋に入ったデニスは、絹織物の服と綿織物の中から良さそうなものを探し、光沢のあるダークレッドのドレスと緑色のコートを買った。どちらも上等な絹製だが、デザインが流行から外れており、比較的安価になっていた。元々仕立て直すつもりなので、生地の質と面積が重要だった。

全部で金貨二枚と大銀貨三枚を支払うと、デニスの巾着袋が風で揺れるほど軽くなった。

少しぶらぶらと見物して宿に戻ると、エグモントが戻っていた。

「どこに行っていたのだ？」

「アメリアへのお土産を買いに、ちょっと街へ」

「そうか……。明日なのだが、お前と一緒に城へ行くことになった」

デニスはいきなり城と言われ戸惑った。

「どうして、僕が城へ？」

「ゲラルトが、婿養子となることが正式に決まった」

「そんな……。我がブリオネス家の後継者はどうするんです？」

エグモントがデニスに視線を向けた。

「お前しかおらんだろう」

「でも、貴族の当主になるための教育なんて受けてない」

「貴族の当主としてどうしても必要な学問は、礼法儀典と領地経営学、戦場規範だけだ。私が生きているうちに学べばいい」

デニスとしては、借金だらけの領地など欲しくなかった。だが拒否すれば、アメリアに婿を取って領地を継がせることになる。それも可哀想だ。デニスは仕方なく承諾した。

後継者は王の前で誓いを立てなければならない。ゲラルトはそれを反故《ほご》にする手続きを取ったのだ。この世界は貴族の死亡率も高いため、こうしたことは珍しくないのだという。

デニスは国王の前に出るのに相応《ふさわ》しい服など持っていない。そこで、ゲラルトが借りてきた服で登城することになった。

城では、国王マンフレート三世が、バルナバス秘書官に午後からの予定を聞いていた。マンフレート王は、四五歳。精力的な人物でガッシリした体格と聡明な頭脳を持つ王である。

「『後継者の誓いの儀』が、二件ございます。その後、クラウス内務卿《ないむきょう》との会談が予定されております」

「ふむ。後継者はどこの者だ？」

「クム領のエッカルト様とベネショフ領のデニス様でございます」

国王はベネショフ領という場所が思い出せなかった。察した秘書官が言葉を副《そ》える。

「ベネショフ領は西の外れ、辺境にある準男爵の領地でございます」

「なるほど。注目すべきは、クム領の次期当主か。どんな人物なのだ？」

「王立ゼルマン学院を次席で卒業し、クルツ細剣術の四天王の一人であると聞いております」

「ほう、四天王か。現当主のテオバルト侯爵はハルトマン剛剣《ごうけん》術の使い手と聞いておったが、息子はクルツ細剣術を選んだか。細剣術が盛んであるようだな」

「力強い剣より、速い剣が持て囃《はや》されているようでございます」

「ならば、ベネショフの後継者は、どうだ？」

「デニス様に関しては、あまり情報がございません。ですが、王都へ参る途上、四人の野盗を返り討ちにしたと報告が上がっております」

「ほう、こちらは実戦派か。流派は何だ？」

バルナバス秘書官は淡々と事実を述べた。

「我流だそうでございます」

「ん。王都で学んだのではないのか？」

「デニス様はベネショフ領を今回初めて出たそうです。正式な貴族教育を受けておられぬようでございます」

マンフレート王の顔が曇った。

「何故、そんな者が後継者に選ばれたのだ？」

「長男のゲラルト様が、グラッツェル家に婿入りされるからだと聞いております」

「可哀想に……。準備もできておらぬうちに後継者に選ばれたか」

午後になり、『後継者の誓いの儀』が始まった。謁見の間には、エッカルトの親族とデニスの父親と兄が参列し、見守っている。デニスは緊張した面持ちで、玉座を前に片膝を突いていた。王からプレッシャーを感じて反射的に視線を上げようとするも、ここが謁見の間だと思い出し、ジッと耐える。そうしていると、頭上から低い声が聞こえてきた。

「面《おもて》を上げよ」

デニスが顔を上げると、国王の姿が目の前にあった。これが数年前であったら、国王の醸《かも》し出す威厳や神聖な雰囲気を前に、何も考えられなくなったかもしれない。だが、今は雅也の知識がある。豪奢《ごうしゃ》な服や整えられた髭により、王の威厳を演出しているのだと理解できた。

「エッカルト・ディン・クムファリス、領地を受け継ぎ、その繁栄に全力を注ぐことを、誓うか」

「創世神の御名にかけて、祖先が守りし領地を受け継ぎ、繁栄に導くことを誓います」

厳格な空気の中、誓いの儀が続けられ、デニスも誓いの言葉を述べた。儀式が終わった後、マンフレート王が二人に話しかけた。

「そちたちは、これから実際の領地経営を学ぶことになる。そして、自分の長所を活かし、領地を繁栄に導くのだ。そこで問う。そちたちの長所とは何だ?」

マンフレート王がエッカルトに視線を向け、答えを促した。

「……私が得意なものは剣です。その剣により兵を鍛えて精強にし、領地の治安維持に力を尽くしたいと思っております」

次はデニスの番である。

「私の長所は、特にありません。ただ、我が領地には小さな迷宮があります。今は迷宮に潜り、何か役に立たないか調べているところでございます」

「長所は特にない、か……。謙遜を申すな。野盗四人を返り討ちにしたと聞いておる」

マンフレート王は少し雑談をした後、デニスに剣術について尋ねた。

「我流の剣だと聞いたが、どのような剣術なのだ?」

「我流ではありません。偶然にも剣の達人と出会い、習い覚えたものでございます」

我流と言い切るのは簡単だが、宮坂流は長い年月により洗練された剣術の真髄を含んでいる。それを自分で考え出したことにすれば、必然、剣の天才だと誤解されてしまう。

「ほう、何という流派なのだ?」

「ミヤサカ流でございます」

「奇妙な名前であるな。その達人は異国の者なのか?」

「そうだと思います」

「見たいな」

王の言葉に、エッカルトが反応した。

「ならば、私が相手を務めましょう」

デニスは「余計なことを」と思ったが、周りの者たちが面白がり、剣術を見せるよう促し始めた。

この世界は娯楽が少なく、こういう機会を逃さないのが貴族という存在だった。

マンフレート王を先頭に訓練場へ移動した。デニスとエッカルトが前に進み出る。エッカルトは同年代の少年だ。体格はエッカルトの方が上で、身体もよく鍛えられている。

二人は木剣を持って対峙《たいじ》した。こうして対峙して分かった。剣の腕はエッカルトが上だ。当然だろう。エッカルトは幼少の頃より剣の技術を磨いてきたのだ。

とはいえ、デニスに勝機がないわけではなかった。エッカルトは宮坂流の上段からの袈裟斬りが、どれほど速いかを知らない。それこそ異常なまでの速さを誇る技だ。

上達が早い原因は、雅也の存在ではないかとデニスは考えている。二人分の思考力・意識が技を理解し修得する時間を早めたのではないだろうか、と。

見物人の中で、テオバルト侯爵とその弟が会話していた。

「兄上、絶好の機会ですな」

「何がだ？」

「エッカルトの腕前を、世間に知らしめる機会ですよ」

「馬鹿な。これはデニスという若者が使う剣を確かめるためのものだ」

そう言いながらも、侯爵は嬉しそうに息子を見つめていた。彼は息子の勝利を確信していた。

「相手は、四天王の一人に選ばれたエッカルトですぞ。あの田舎者が、その剣術を披露する暇などありませんよ」

「そうかもしれんが、エッカルトの奴がやりすぎる恐れがある」

一方、エグモントとゲラルトは心配そうな顔でデニスを見守っていた。

「父上、デニスの剣はどれほどです？」

「あの歳を考えれば、素晴らしい。だが、相手はクルツ細剣術の四天王だ。無様な負け方をしないことを祈るだけだ」

審判は王自身が務めるようだ。

「これは剣術の技量を見るものだ。真名術を使ってはならんぞ」

試合は王の合図で始まった。デニスは木剣を上段に構え、油断なくエッカルトを見据える。全身でエッカルトの動きを感じようと集中した。

一方のエッカルトは負けるとは思っていなかった。クルツ細剣術の道場では、四天王と呼ばれるほどの技量の持ち主なのだ。だが、相手の構えを見て不安が芽生えた。それは胴をがら空きにした構えであるのだが、わざと誘っているようにも見える。

エッカルトの心に迷いが生じた。その迷いに気づいた父親のテオバルト侯爵が、

「何を迷っているのだ」

と声を上げた。その声に弾かれたように、エッカルトが動いた。

胴への攻撃は罠だと判断し、上段に構える腕を狙って木剣を振るった。敏速な剣が風を切り、デニスの腕に向かって伸びる。

デニスの木剣が、エッカルトの剣を上回る速度で振り下ろされた。空中で交差する木剣。デニス

の木剣が威力において勝り、エッカルトの木剣を弾き飛ばした。

見物していた人々は、まさかエッカルトが負けるとは思っていなかった。唖然とした顔をする人々。その中にはエグモントとゲラルトの顔もある。

マンフレート王も驚きを隠せず、

「四天王と呼ばれるほどの若者を……。ミヤサカ流、侮れんな」

と呟いた。その声を聞いたバルナバス秘書官が、

「ベネショフ領は、良き後継者を得たようでございますな」

と返し、マンフレート王が静かに頷いた。

◆◆◇◇◆◆◇◇◆◆

雅也は探偵事務所の奥の部屋で目を覚ました。

「朝か。何時だ」

目を擦《こす》りながら目覚まし時計に視線を向ける。九時を少し過ぎていた。気怠《けだる》い朝。二度寝したいのを堪え、着替えて事務所に出て、テレビの電源を入れた。コーヒーを淹《い》れ、飲みながらテレビを眺める。ニュースでは、放火殺人事件を報道していた。

「目撃者がいるのか。炎を窓越しに投げ入れただって？　どうやったんだ」

雅也が事件の報道に興味を持ったのは、自分が設計したビルが放火されていたからである。

「おはようございます」

元気な声で、神原小雪が探偵事務所に入ってきた。先月からアルバイトとして働いている。冬彦がアルバイトでもいいから人手が欲しいと言っていたので雇ったのだ。

というのは建前で、本当は明晰夢と真名術について神原教授に打ち明けた後、神原教授が調査研究を続けたいと要望し、娘の小雪をアルバイトとして送り込んだというのが真相である。

小雪は成績優秀で、卒業論文を提出すれば卒業できるという状況らしい。就活も順調で、内定を数社からもらっているため、父親に協力する時間があるそうだ。

彼女は父から、雅也が見た明晰夢を記録するよう指示されているらしい。どうしても魔源素の正体を突き止めたいのだそうだ。

「おはよう。今日もよろしくね」

「こちらこそ、よろしくお願いします。早速ですが、父からの伝言です。魔源素を集める時に、二つに分けられるかどうか試してみて欲しいそうです」

雅也は溜息を吐いた。毎朝、神原教授から指示されるまま実験をしている。雅也自身のためになるものもあるのだが、「どうして?」と疑問を持つような指示もある。

「分かったけど、それが何の役に立つのか分かんないな」

「私にも分かりません」

「まあいいけど」

雅也は魔源素を集め、二つの魔源素ボールを作ろうと試みた。一つに纏めるより手間取ったが、成功した。それを小雪に報告する。

「できたんだ。凄いですね。それを同時に発射できます?」

また難しいことを注文された。試してみたが、できなかった。魔源素操作が同時に二つまでというのは、絶対的な制限のようだ。

そんな実験が終わった頃、冬彦が出勤した。爽やかな笑顔で挨拶をして、席に座る。小雪がコーヒーを淹れて出すと香りを楽しんでから旨そうに飲んだ。

「今日の仕事は？」

冬彦が小雪に尋ねた。

「小栗《おぐり》様の愛犬ベティちゃんの捜索です」

冬彦が頷いた。最近、この探偵事務所は迷子ペットの捜索の成功率が高いということで客が増えている。雅也の『嗅覚』を利用しているおかげだ。

最初に『嗅覚』を試してみたのは、事務所の中だった。コーヒーの香りや人間の出す臭気、キッチンの生ゴミ、車の排気ガス、様々な匂いの情報が脳に伝わり頭が痛くなった。慣れない大量の情報を受け取った脳がオーバフローを起こしたようだ。

慣れるに従い、大量の匂いを判別できるようになった。それを利用し迷子ペットの匂いを追跡し、捕獲するのだ。

「さあ、行こうか」

冬彦がペットを捕獲する支度をして、雅也に声をかけた。雅也と冬彦は現場に向かう。場所は小栗邸近くの工場跡地である。

ここは野良猫たちの溜まり場となっている場所だ。猫に餌を与える者がいるらしく、多くの野良猫が集まってくる。捜しているベティは、犬なのに猫に交じって餌をもらっているらしい。匂いを追跡して、そこまでは分かっていた。

ただ、ベティが現れる時間帯が分かっていない。張り込みをして捕まえるしかなかった。二人は工場の入り口が見える場所に潜み見張ることにした。

「ベティは現れないな」

雅也が呟くと、冬彦が飽きたのか、つまらないという顔をした。

「そろそろ昼です。何か買ってきましょうか？」

「そうだな」

「何がいいです？」

「冬彦に任せる」

「じゃあ、あんパンと牛乳」

「はあっ……。お前は、昭和の刑事か」

「何事も基本は大事だよ」

「あんパンと牛乳は、基本じゃねえ」

冬彦がニヤッと笑ってコンビニへ向かう。冬彦がコンビニで買ってきたのは、カツ丼だった。

昼からも張り込みを続け、二時頃に数匹の犬を引き連れた柴犬《しばいぬ》サイズの狼に似た犬が現れた。

「先輩、ベティちゃんです」

雅也が狼犬の子供ではないかと見当を付けた犬の後ろに、可愛いチワワの姿がある。その首には特徴的な首輪があるので、目的のチワワだと分かった。

「何だ、あいつは。リア充犬か。とんでもない奴だ」

冬彦が目を怒らせている。

「とんでもないのは、お前だ。犬に嫉妬《しっと》してどうする。冷静になってベティを捕獲する方法を考えろ」

「考える必要なんてないです。僕に任せてください」

冬彦がチワワのベティに向かって突撃した。ベティを捕まえようとした冬彦の前に、狼犬が立ち塞《ふさ》がった。

「おらっ、邪魔すんな」

狼犬を怒鳴ってどかそうとする冬彦。その狼犬が唸り声を上げながら突進。狼犬の頭が冬彦の腹を捉えた。

「へげぇ」

冬彦が弾き飛ばされる。狼犬は瞠目《どうもく》すべき瞬発力の持ち主のようだ。

雅也は倒れた冬彦に駆け寄った。

「おい、大丈夫か？」

「先輩……僕はもうダメです。後は頼みます。ガクッ」

「アホか。自分で『ガクッ』とか言うな」

本当に痛かったらしく涙目になっている冬彦だが、冗談が言えるくらいだから大丈夫だろう。派手に転んだことで、ダメージが吸収されたようだ。問題は狼犬だ。雅也は狼犬に目を向けた。

狼犬は戦闘態勢を取っていた。低い姿勢から地面を蹴って飛びかかってくる。そのスピードは尋常なものではなかった。宮坂師匠と組手をすることで反射神経が鍛えられていなかったならば、まともに食らっていたに違いない。

雅也は何とか反応し、前足を掴《つか》んで捻り背中から落とす。宮坂師匠から習っている少林寺拳法の応用である。狼犬は地面を転がってから立ち上がった。ダメージは少なかったようだ。

「ウウ……ワン！」

一声吠《ほ》えた狼犬が、また突撃してきた。それも少林寺拳法の技で転がす。何度も転がしてやると、狼犬は負けを認めたようだ。腹を見せて寝転がった。雅也は近付いて「よしよし」と撫でてやる。

雅也は狼犬とベティを確保する。その頃になって、やっと冬彦が起き上がった。

「冬彦、お前ももう一度、宮坂流を習った方がいいんじゃないか」

「ハハハ……。ちょっと油断しただけですよ」

ベティを用意してきたカゴに入れ、狼犬をどうするか迷った。首輪もしていないので野良犬の可能性もあるが、狼犬と呼ばれる犬種は人気があり、高価だと聞いた覚えがある。

雅也は冬彦と相談し、狼犬を連れて帰ることにした。ベティは飼い主のところへ送り届け、報酬を振り込むよう頼んだ。

事務所に戻った二人は、狼犬を小雪に見せた。

「うわーっ、可愛い犬ですね」

小雪は気に入ったようで、狼犬を撫で回す。狼犬は気持ちよさそうに撫でられていた。

雅也は迷子ペットのデータベースで、狼犬の子供を捜してみたが見つからなかった。

「この犬、どうしようか？」

冬彦が笑って、

「ペットショップに売っちゃえば、高く売れそうだ」

その言葉が分かったのか、狼犬が冬彦を睨んで唸り声を上げた。

「冗談だよ。怒るな」

処遇を相談していると、小雪が家で飼うと言い出した。以前から犬を飼いたかったのだと言う。

狼犬は神原家に引き取られ、『コハク』と名付けられた。

後日、コハクは雅也に拾われたことで、特別な犬へと進化することになる。

◆◆◇◇◆◆◇◇◆◆

その日、行方不明者の捜索という珍しい依頼が探偵事務所に持ち込まれた。依頼者は行方不明になった男性の両親である。雅也は小雪から依頼書を受け取り、やる気になっている冬彦を見た。

「さて、何から調査を始める？」

「まずは、松田《まつだ》さんのアパートに行こう。鍵は預かっている」

行方不明者である松田孝蔵《こうぞう》は、雅也と同じ三二歳。宅配業のアルバイトをしていた。行方不明になったのは、一週間前。アルバイト先から両親に連絡が行き、行方不明であることが発覚した。

警察に捜索願を出したが、毎年数万人もの捜索願が出される現状では、捜索は行われないだろう。基本的に警察が捜索を行うのは、事件性があったり、子供や認知症を患っている高齢者の場合だけなのだ。

二人は住宅街の片隅にある古いアパートに向かった。本来なら両親の立ち会いの下に手掛かりを探すのだが、両親は忙しく、立ち会えないらしい。アパートの狭い部屋は散らかっていた。整理整頓という言葉とは無縁の人物だったようだ。

「汚い部屋だな。大学時代の先輩の部屋みたいだ」

「五月蝿《うるさ》いぞ。あの頃は忙しくて片付ける暇がなかったんだ」

学生時代の雅也は、アルバイトを掛け持ちしており掃除する時間もなかったのだ。ただ、掃除する時間ができても、飲みに行っていたという事実もあった。

「おっ、ノートパソコンがある」

冬彦がノートパソコンを見つけて電源を入れた。

「おい、勝手に中を見ちゃまずいだろ」

「大丈夫ですよ。ちゃんと両親の許可をもらってます」

立ち上がったノートパソコンがパスワードを要求してきた。

「当然、パスワードは想定していたよな？」

雅也が冬彦に言った。冬彦は不敵に笑い、

「先輩、見損なわないでください。僕がそんな気の回る人間だと思いますか」

雅也は溜息を吐いた。

「言葉の使い方が間違っているぞ。まあいい、パスワードはどうする？」

「そうですね。この部屋を見ると、ここの住人はズボラな人間です。パスワードも適当に決めた可能性が高いと思うんですよ」

冬彦が探偵らしい推理を披露したので、雅也は感心した。

「それでどうするんだ？」

「世の中には、そういうズボラな人間が、よく使うパスワードというものが知られているんです」

冬彦はスマホで危険なパスワードのランキングを探し出し、試し始めた。問題のパスワードは、ランキング一五位のものと同じだった。

冬彦がドヤ顔で雅也の顔を見た。

「どうです。僕の言った通りでしょ」

冬彦のドヤ顔を見て、何だか悔しくなる。冬彦はデータを調べ始めた。孝蔵のメールとどんなサイトを利用していたかを調べると、最近起きた放火殺人事件を異常なほど念入りに調べていたことと、一人の友人の存在が判明した。百田《ももた》という高校の同級生だった人物だ。

そして、雅也は孝蔵が利用しているＳＮＳに注目した。そこでは明晰夢についての議論が交わされていた。雅也と同じく、異世界の夢を見る人々が語り合っている。

中身を読んだ雅也は不安を覚えた。ここに集まっている人々は、面白がっているだけで重要性に気づいていない。

魔源素や魔勁素、真名という存在は、現代社会を大きく変える可能性を持つものだ。神原教授が研究しているが、特に真名の存在は重大な影響を与えそうだと言う。

雅也が考え込んでいると、冬彦は孝蔵の友人である百田に話を聞きに行こうと提案してきた。冬彦の提案はもっともなので、雅也は賛成した。

百田の住まいは、孝蔵のアパートから遠くないところにあった。庭付きの一軒家である。ドアチャイムを鳴らしても、住人が出てこない。留守のようだ。

雅也と冬彦は諦めて帰ろうとした。そこに、二人組の男たちが近付いてきた。彼らの目つきの悪さに、雅也は警戒した。

「そこの二人、少しいいかな」

「何でしょう?」

男たちが内ポケットから警察手帳を出して見せた。二人は刑事らしい。

「あなたたちは、百田の知り合いか?」

雅也と冬彦は否定した。

「我々は探偵です。百田さんの友人を捜しています」

「友人とは誰だ?」

「松田孝蔵という行方不明者です」

刑事たちが顔を見合わせた。

「誰の依頼で捜している?」

「ご両親です」

「……余計な真似《まね》を。松田孝蔵はある事件の重要参考人となっている。行方が分かったら警察に連絡してくれ」

刑事たちが去り、雅也と冬彦だけになった。

「どういうこと?」

「孝蔵さんが何かやったってことだろ」

「何を?」

「刑事たちも教えてくれなかったんだから、分からん。だけど、松田が関連していそうな事件となると、異常なほど詳しく調べていた放火殺人事件くらいだろ」

「マジで……。ヤバくないですか。死人が出てるんですよ」

放火殺人事件は、ビジネス街で起きているので目撃者も多い。目撃者の証言によると、火の玉が窓から飛び込んで燃え上がったという。

「火炎瓶でも投げ込まれたのかもしれませんね」

冬彦が推測を口にした。雅也は嫌な予感を覚える。真名術の中に『火炎』という真名を使う術があり、同じようなことができるからだ。

「この依頼、断るか」

そう雅也が口にすると、冬彦が食って掛かった。

「待ってください。警察より早く見つければいいんでしょ」

「だけど、殺人犯かもしれないんだぞ」

「重要参考人であって、指名手配されたわけじゃないんだから」

雅也は厄介なことになるかもしれない、と考えた。

「それじゃあ、捜索方針を決めようか。俺は孝蔵が放火犯だという観点から捜してみる」

「だったら、僕は百田の家を張り込みます」

二人は別れた。雅也はバスでビジネス街へ向かい、日が沈むのを待つ。犯人は現場に戻るという言葉もある。それに放火したビルで働く人物を狙ったのなら、あの事件で負傷した人々が入院している病院のあるここで、再び事件を起こす可能性があった。

「あれっ、先輩」

ぶらぶらしていた雅也の背後から、声がした。振り向くと会社の後輩であった山口《やまぐち》がいた。

「山口、会社からの帰りか？」

「ええ。先輩は今何をしてるんです？」

「ちょっといろいろとな」

喫茶店に入り、あれから会社がどうなったか尋ねた。仕事を放り出して辞める形になっていたので、気になっていたのだ。

「先輩が放り出した東京クリーブホテルの仕事は、僕に回ってきました。お客様の要望で少し手直ししましたが、概《おおむ》ね好評でしたよ」

それを聞いて、雅也は安心した。

「そうか、良かった」

「全然良くないですよ。沖縄カルラホテルの仕事は大変なことになっちゃいましたよ」

「あれは高田の仕事だろ」

「でも、お客さんに出した設計図は、先輩が遊びで作っていたリゾートホテルのものだったじゃないですか？」

「高田が勝手に持ち出して、お客さんに出したんだ。強度計算に問題があったから、かなり手直ししないとダメだったはずだ」

山口は溜息を吐いた。

「道理で……。高田先輩が手直ししていたようなんですが、もたもたしている間に他社に仕事を持っていかれたようです。唐木部長がカンカンになって怒鳴っていました」

「ふん、ざまあみろだ。高田はどうなった？」

「資料整理をさせられていますよ。リストラ対象になるかもしれません」

「リストラ……。そんなことをしなきゃならないほど会社は苦しいのか？」

「第一事業部の連中が、ニュージーランドの仕事で何かやらかしたらしいんです。契約通り仕事を終わらせるために、莫大《ばくだい》な経費がかかると聞いています。今期は赤字ですよ」

　雅也は会社の現状を聞いて、辞めて良かったかもしれないと思い始めた。

「ところで、先輩は何をしているんです？」

「俺か、探偵だ」

「……た、探偵ですか。思い切った転職をしましたね」

　山口が半分呆れたような顔で言った。

「苦労しているが、面白い仕事だぞ」

「そういえば、痩せた……いや、身体が引き締まったみたいですね」

「鍛え始めたからな」


　後輩の山口と別れた雅也は、夜の街に出た。ネオンが輝く街は、異世界に比べて華やかだ。人々を魅了するものが溢れている。だが、空を見上げても星が見えなかった。異世界の夜空には無数の星が煌《きら》めいていたが、現代の街は明るすぎて星が見えない。

　放火犯が何を狙っていたのか考えてみた。人を狙ったのなら、負傷した人たちの中に狙っている人物がいたのかもしれない。彼らは近くの病院に入院している。その病院へ雅也は向かった。そこで雅也は、『嗅覚』の真名を解放した。

最近になって、真名本来の使い方が分かってきた。以前までは真名の意味を理解し、その概念に紐《ひも》づく制御力を行使していた。しかし、真名を解放することで、その真名が意味する対象に同化し支配する方が、強い力を発揮しやすいと分かったのだ。それは感覚的な違いでしかないのだが、雅也とデニスにとって有効なものだった。

『嗅覚』を解放することで、雅也は犬並みの嗅覚を手に入れた。様々な匂いが風に乗って雅也の元に押し寄せる。それは情報となって、雅也の脳に流れ込んできた。

一〇分ほどジッと立ち、押し寄せる匂いを判別していく。孝蔵の匂いは部屋に行った時に覚えていた。その匂いと同じものを捜したのだ。

人間の匂いとその他の匂いは簡単に判別可能だった。だが、個人の匂いの判別は難しい。その点では、犬などの獣の方が処理能力が優れているようだ。ちょっと情けない気がした。

雅也はゆっくりと大通りを進み始めた。病院の周りを半周した頃、目的の匂いを捉えた。

「この匂い、間違いない」

雅也は捉えた匂いを追って進んだ。二〇時を過ぎているので人通りは少ない。七階建てのビルから、孝蔵の匂いが流れてくる。

ビルを見上げていた雅也の目に、夜空を横切る火の鳥の姿が飛び込んだ。大きさは鳩《はと》ほどだ。道路を横切った炎の鳩は、病院の壁に当たって跳ね返り、駐車場に停まっていた軽トラックの荷台に飛び込んだ。次の瞬間、ゴウッという音と共に軽トラックの荷台が燃え上がった。可燃物が積まれていたようだ。

「か、火事だ‼」

通りを歩いていたビジネスマンが大声を上げた。さざ波のように騒ぎが広がる。病院の周囲に人が集まり始めた。

雅也は炎の鳩が飛んだビルの非常階段に向かって走った。非常階段に人影を見たからだ。上の方から駆け下りてくる足音が聞こえてくる。

待ち構えていると、雅也と同年代の男が非常階段から現れた。

「松田孝蔵さんですね」

雅也が声を掛けた。男は怯《おび》えた顔で雅也を見る。

「誰だ？」

「ご両親から、あなたの捜索を依頼された探偵です」

「探偵だと……。余計なことを」

雅也は鋭い目で孝蔵を睨んだ。

「あなたが放火するところを見ました。警察に自首してください」

「見たって……何を見たんだ？」

「火の塊を向こうの病院に投げつけたのを見たんだ」

真名術を使ったのではないかと疑っていたが、それを言えば、雅也自身も異世界の明晰夢を見る者だと分かってしまう。

孝蔵が顔を歪め、言い返す。

「投げつけただって、馬鹿を言うな。風はどっちから吹いている」

「……向かい風だ。プロ野球選手でも、届きそうにないな」

七階建てのビルと病院は、少し距離がある。しかも逆風の中だと何か道具でもなければ届かない距離だった。

「俺は何も持っていないぞ。身体検査でもするか」

孝蔵はふてぶてしい態度で言い放った。真名術を使ったのなら証拠品が出てくるはずもない。

最初は警察を呼ぶことも考えた。だが、はっきりと炎を放つ瞬間を目撃したわけでもない。正直なところ、この件には深入りしない方がいいと雅也は思った。

「俺は刑事じゃない。あんたの所在が分かればいいんだ。とにかく、今からご両親の家に行こう」

雅也はスマホで冬彦を呼び出し、車で迎えに来るように頼んだ。

「おい、勝手に決めるな。俺は一言も帰るとは言ってないぞ」

「だったら、どこで寝泊まりしているか住所を教えてくれ」

「決まった場所なんかあるか」

孝蔵は自分のアパートに帰らず、ネットカフェで寝泊まりしていたようだ。

「何故だ？　自分の家があるのに」

「気持ち悪い奴らが、見張っているからだ」

この時、雅也は孝蔵の言葉を信じなかったが、後にそれを悔やむことになる。

冬彦が迎えに来た。チラリと孝蔵を見た冬彦は、二人を車に乗せ孝蔵の自宅へと走らせる。

「依頼は無事完了か。さすが先輩ですね」

「冬彦に褒められてもな。ところで、百田とは会えたのか？」

冬彦が運転をしながら孝蔵に話しかけた。

「話を聞いたよ。婚約者が仮想通貨詐欺に遭ったんだって？」

孝蔵は仏頂面のまま返事をしなかった。

「もしかして、放火されたビルにいた連中が詐欺犯なのか？」

冬彦が推理を口にした。

「それ以外に、俺が連中を狙う理由があると思うか」

孝蔵は憎しみを堪えるように声を上げた。雅也は嫌な話になったと感じた。

「でも、病院の襲撃はやりすぎだ。他にも入院患者がいたんだぞ」

「俺が狙ったのは、連中が入院した特別室だ」

「俺が言いたいのは、殺すことはないだろということだ」

「赤の他人に何が分かる。里美《さとみ》は……」

また押し黙ってしまった孝蔵を見て、雅也は婚約者に何かあったのだろうと推測した。運転する冬彦の顔が青ざめていた。本物の殺人犯と一緒にいると分かり、恐怖を感じているのだ。

目的地に到着した雅也たちは、孝蔵を両親に引き渡した。何度も礼を言われ、帰途についた。

「そうだ。警察はどうします？」

冬彦に言われて、警察から孝蔵の行方が分かったら連絡してくれと言われていたのを思い出した。

「仕方ない。警察に睨まれたら、仕事がやりづらくなる。連絡だけはしておくか」

雅也は昼間に聞いた刑事の連絡先に電話し、孝蔵が自宅に帰ったことを伝えた。

翌日、思ってもみなかったニュースを聞いた。

「先輩、見ましたか！」

冬彦が血相を変えて事務所に飛び込んできた。

「ああ、ニュースだろ。たった今見た」

テレビには放火犯が逮捕されたというニュースが流れている。だが、犯人として挙げられたのは孝蔵の名前ではなく、別人の名前だった。


その前夜、孝蔵は防衛省の特殊戦略部隊という組織に捕らえられ、取り調べを受けていた。

孝蔵は自分の犯行についてすぐに白状した。精神的に弱っていたためだ。

取調官は堅い役人のような男だった。

「貴様には二つの道がある」

「どんな？」

「一つは、犯罪者として刑に服す道。二つめは我々に協力する道だ」

「どっちも嫌だ。俺にはやらなければならないことがあるんだ」

「君の婚約者を騙《だま》した詐欺集団かね。あの連中は逮捕され、正当な裁判を受けることになるだろう」

「……何故俺なんだ？」

「君が特殊な人間だからだよ。分かっているだろ」

「俺は普通の男だ」

「君はネットで、異世界を夢に見ることについて書き込んでいた。存在を知られたくなかったのなら、愚かな行為だったね」

孝蔵は書き込みを始めた当初、明晰夢を重要なものだと思っていなかった。

「さあ、選択してもらおうか」

再度選択を迫られた孝蔵は、協力することを選んだ。

第三章：岩山迷宮の新階層と影の森迷宮

デニスは王都からベネショフに戻った。エグモントは留守中に代理を頼んだ従士カルロスのところに寄ってくるというので、途中で別れている。屋敷が見えてきた時、中から小さな人影が飛び出してきた。

「デニス兄さん、お帰りなさい」

アメリアが駆け寄って、デニスに抱きついた。寂しかったのか、しばらくデニスから離れようとしない。デニスは優しく頭を撫でた。アメリアを抱きかかえ、一緒に屋敷に入った。

「ちゃんとお土産を買ってきたぞ」

「本当に？　見せて見せて」

デニスは背負っていた荷物の中から、王都で買った古着を取り出してアメリアに渡した。

「うわーっ、綺麗」

「それを仕立て直して、アメリアの服を作ればいい」

「ありがとう。エルマに見せてくる」

アメリアは古着を抱えて、メイド頭であるエルマのところへ行った。デニスはダイニングルームの椅子に座って全身の力を抜く。

「後継ぎか、面倒なことになったな」

デニスはベネショフ領の状況を知らない。どれほど借金があるのか。税収はどれほどなのか。これから調べなければならないだろう。

とはいえ、すぐに領主になるわけではない。現領主のエグモントは健康で長生きしそうなので、十数年は先の話になるだろう。

帰る途中、デニスとエグモントは話し合った。エグモントはすぐにでも領地経営を学び始めることを勧めた。だが、デニスは一年ほどの猶予《ゆうよ》を希望した。迷宮や領地について深く調べようと思ったのだ。負い目のあるエグモントは了承した。

エルマとアメリアが戻ってきた。

「デニス様、素晴らしい生地ですね。どういう服に仕立てましょうか？」

「兄上が結婚することになった。アメリアも結婚式には出席することになるだろう。その時に着るドレスに仕立ててくれ」

「分かりました。ですが、この二着の古着からなら、もう一着仕立てられます」

「そうだな。普段着を仕立ててもらえるか」

「絹織物で普段着でございますか」

「普段着といっても、ちょっとしたお出かけの時に着る服だね」

「承知しました」

アメリアが目をキラキラさせ、古着とデニスの顔を交互に見る。

「どんなドレスになるのかな。楽しみ」

喜ぶアメリアの顔を見て、デニスは王都まで行った甲斐があったと感じた。この世界、新しい服を仕立てるということは、それほど特別なことなのだ。世間の人々は貴族なのに、と思うかもしれない。だが、準男爵のような下位の貴族では、ドレスを仕立てることなど数年に一度くらいだ。

「しかし、古着なのに高かったな。衣服が高いのは、全てを手作業で行っているからか。糸を作る紡績、布を織る織物業、仕立てまで多くの人々が関わっているからだろうか」

布や衣服について興味のなかったデニスが持つ知識は、雅也の世界のものだ。彼の世界における衣服は溢れるほど大量に存在し、安価なものも数多くあるのだという。

しばらくすると、エグモントが帰ってきた。デニスたちは味気ない夕食を食べ、アメリアから、どんな服を作るかという話を聞いた。

はしゃいでいたアメリアは、いつの間にか古着を抱きかかえたまま寝てしまった。エルマが抱えて去っていくと、エグモントと二人になった。

完全に日が沈み、辺りが暗くなる。エグモントがランプに火を灯した。

「ランプの油も節約せねばならん。あの火事さえなければ、こんな苦労をせずにすんだものを」

「愚痴を言っても仕方ないでしょう」

「そう言うが、この九年間の苦労は並大抵のものではなかったのだぞ。それに、将来苦労するのはお前だ」

「借金は、どれほどあるんです?」

「クリュフバルド侯爵に金貨二〇〇〇枚、ヴィクトール準男爵に金貨二〇〇枚だ。利子を返すだけで精一杯な状況だ」

デニスが予想していたより少なかった。だが、考えてみると、返済するのは大変だ。領地収入の大部分は税金である。その税収が激減しているのだ。

原因は九年前の大火事の時に、種籾《たねもみ》倉庫が焼け落ち大事な小麦の種籾が焼失したことにある。長い年月をかけて風土に合わせて作り上げた種籾だった。代わりの種籾は他の町から買えたが、以前のような収穫は挙げられなかった。当然税収にも影響する。三割以上も税収が減ったのだ。

エグモントは対策として、農地を増やすことで税収を回復させようと試みたらしい。

「上手《うま》くいかなかったんだね？」

「ああ、少し畑が増えたが、税収はそれほど上がらなかった」

エグモントは少しと言ったが、一割近く畑は増えていた。

「だったら、荒れ地の開墾《かいこん》をやめればいい」

「だが、どうやって借金を返す？」

デニスは雅也の世界には存在するが、この世界にはない様々なものを思い出した。雅也の知識を使えば新しいものを創り出すことも難しくないだろう。だが、この考えが浅いことは、後に思い知るのだった。

「海産物を内陸部で売るとかできるんじゃない」

「魚介類のことを言っているのか。内陸部で売るには塩漬けにするしかない。塩が大量に必要になるぞ」

国王から塩田の認可をもらっている海岸沿いの領地では、塩を安く手に入れ魚介類を塩漬けにして内陸部で売っている。それらの領地と競争して商売をするのは無理だ、とエグモントは考えていた。

デニスも魚介類の塩漬けに関しては同意見である。ただ異世界の海にも豊富な魚がいる。特にイワシやニシンに似た魚が、ベネショフ領の近海に大量に生息している。網さえあれば、大漁間違いなしなのにと思った記憶がある。ちなみにイワシに似た魚は、ベネショフでは下魚《げざかな》と言われ、あまり食べない。

「塩がなくても加工できるものがあるかもしれないよ」

デニスはそれだけ言うと、話を打ち切って部屋に戻った。デニスに具体的なアイデアがあったわけではない。雅也に調べてもらえば何かありそうだと直感して、口を滑らせただけだった。

翌朝、休んでいた体術と剣術の鍛錬を再開した。やはり筋肉が鈍《なま》っているようでつらい。その後、朝食を摂《と》りに屋敷に戻る。

アメリアがウキウキした様子で椅子に座り、食事を待っていた。

「おはよう」

「デニス兄さん、おはようございます」

朝食のライ麦パンは、相変わらずぼそぼそしていて口当たりが悪い。何か作り方が間違っているんじゃないかとデニスは思う。

朝食の後、リヤカーを引いて迷宮に向かった。岩山迷宮は少しも変わらない姿で、そこにあった。リヤカーを入り口に停めて中に入る。

「さて、久しぶりの迷宮探索だ」

デニスの武器はいつもの棒である。王都で手に入れた金剛棒は予備として背中に背負った。まだ重さに慣れていないため、主力としては使えないのだ。

一階層のスライムは無視して二階層へ。毒コウモリは襲ってくるものだけを返り討ちにした。三階層も同様に通り抜け、四階層に到着。

「よし、ここからが本番だ」

デニスは魔源素を集めることに集中した。王都へ行く前とは比較にならない速さで魔源素が集まってくる。旅の間は体術や剣術の鍛錬ができず、魔源素の制御訓練を集中的に続けていたからだ。今までの半分ほどの時間で震粒ブレードが完成する。

進み始めて五分ほどで鎧トカゲと遭遇した。酷く甲高い咆哮《ほうこう》を上げながら鎧トカゲが襲いかかってくる。待ち構えるデニスが、上段に構えた震粒ブレードを鎧トカゲの肩から胸に袈裟斬りに振り下ろした。

確かな手応えを感じて、一歩下がると、足元に鎧トカゲが倒れた。次の瞬間、塵《ちり》のように細かく分解し消えた。

「腕は鈍っていないみたいだ」

デニスは迷宮の奥へと進み、遭遇した鎧トカゲを次々と倒していった。鉄鉱床のある小ドーム空間に着いた時には、五匹の鎧トカゲを倒していた。

小ドーム空間には、一〇匹ほどの鎧トカゲがたむろしていた。

「やばいな。多すぎるだろ」

一瞬、引き返すか戦うかで迷ったのがまずかった。鎧トカゲに気づかれ、襲撃を受ける状況となった。そうなれば戦うしかない。鎧トカゲの足は赤目狼ほどではないが速かった。いつものように入り口に陣取り、鎧トカゲを迎え討つ。

最初の一匹を袈裟斬りで倒し、次を横に撫で斬りにする。鋭い爪で引っ掻こうとする鎧トカゲの前足を斬り飛ばし、噛み付こうとする個体の喉に突きを入れる。

息つく暇もないとはこのことか、と思いながら、敵の攻撃を捌きカウンターの攻撃を放つ。五匹までは数えていたが、それ以降は反射的に応戦することになった。

疲労が溜まり、頭が真っ白になりそうになった時、最後の一匹が頭から飛びかかってきた。体当たりは初めての攻撃だ。カウンター攻撃は間に合わず、防御するしかない。

棒を両手で握り、前に突き出して防ぐ。体当りされて初めて鎧トカゲの力が分かった。筋力だけなら、デニスの倍以上はありそうだ。

弾き飛ばされ、通路の壁に激突し、肺から空気が押し出された。ダメージを受けたデニスを、大口を開いた鎧トカゲが襲う。それを横に転がって避け、素早く立ち上がるも、足がふらついた。

「はあっ！」

気合を発して踏ん張り、棒を上段に構えた。さすがに震粒ブレードは解除されている。

「まずい。奴を仕留める武器がない」

震粒刃が消えた棒では、鎧トカゲは倒せない。棒を捨て、素早く背中の金剛棒を引き抜く。ズシリとした手応えを感じながら、上段に構えた。

連戦したせいで疲労が蓄積しているのか、金剛棒がより重く感じる。鎧トカゲが前足の爪で引っ掻こうとしたので、その腕に金剛棒を振り下ろした。前足を叩くと、骨の折れた感触が伝わってきた。それだけでなく、鎧トカゲがひっくり返った。重さ三キロ以上もある金剛棒の一撃は、威力も苛烈らしい。

地面に倒れた鎧トカゲが起き上がろうとするので、デニスはさらに金剛棒を叩き付けた。頭、首、頭と何度も振り下ろす。そのたびに骨が砕ける感触があり、最後には息絶えた。

鎧トカゲが消えた瞬間、デニスの頭に真名が飛び込んだ。『装甲』の真名である。この真名についても、屋敷の書斎に資料があった。

『装甲』は皮膚を鎧トカゲのような強靭なものに変化させる真名だ。外見がダークグリーンの鎧皮になるわけではないので、この『装甲』の真名を使う者は多い。

息を整えていると、何かが音を立てた。見ると、緑色の皮が落ちていた。鎧トカゲのドロップアイテムである。

「これを売れば、金貨二枚くらいにはなるかな」

ドロップアイテムを拾い上げようとした時、ズキリと右胸に痛みが走る。鎧トカゲの体当たりで怪我《けが》を負ったようだ。

全ての魔物を倒した小ドーム空間は、次に魔物がリポップするまでセーフティゾーンとなる。デニスは痛みに耐えながら鉄の採掘を始めた。二〇キロほど掘り出して中断する。

地上に戻ってリヤカーに鉄を載せ、一息吐いた。胸がズキズキと痛むので、上着を脱いで傷を調べると、胸の部分が青痣《あざ》になっていた。

「痛いわけだ。体力が続かなかったな。まだまだ鍛え方が足りない？　いや、一番の原因は無駄な動きが多かったからかな」

冷静に分析と反省を行ったデニスは、昼食を摂って休憩した。午後からは迷宮の一階層へ潜る。

今回は通り抜けずに小ドーム空間まで行った。

中には一四匹ほどのスライムが徘徊《はいかい》している。震粒ブレードをスライムに叩き込み、仕留めていく。震粒刃はスライムにも有効だった。

魔物がいなくなった小ドーム空間で、デニスは『装甲』の真名を試してみた。意識を集中し真名を解放する。解放の前提条件として『魔源素』の真名がすでに解放されていることが必要だ。

解放されている『魔源素』の真名が、大気中の魔源素を真力に変え『装甲』の真名に供給する。

デニスの皮膚に変化があった。皮膚表面に薄い膜のようなものが張り付いたのだ。資料には皮膚が強靭なものに変化するとあったが、実際は薄い膜が装甲なのだろう。

ちなみに、この薄い膜の正式名は【装甲膜】というらしい。後日、資料を調べて知った。

その状態で左腕を右手で叩いてみた。パチッと大きな音が鳴ったが、全然痛くない。効果はあるようだが、どれほどの耐久性があるのか分からない。

「迷宮に潜っている時は、常時解放しているのが望ましいけど……。精神的に疲れるからな」

デニスは、これからは一階層で真名術の訓練を行おうと決めた。地上だと魔源素の濃度が薄いので効率的な訓練ができないのだ。

それから鉄鉱床の鉄を掘り尽くすまで二ヶ月、デニスは迷宮と町を往復した。採掘した鉄は一六〇〇キロほど。小さな町で一年間に消費する量は、五〇〇キロで十分だ。

残りの鉄は、雑貨屋のカスパルに頼み、他の町で売ってもらった。デニスの取り分は、金貨三二枚となった。予想外の大金に、デニスは喜んだ。

大金を得たデニスは、これまで誰も迷宮に潜ろうとしなかったことが腑に落ちなかった。

「こんな大金が得られるのに、どうして？」

そのことをエグモントに尋ねた。エグモントは苦笑いして答えてくれた。

「それはな……」

　エグモントの説明によれば、デニスの場合は、鉱床を独占できたのが大きかったようだ。普通は数人のチームで迷宮に潜る。しかも、多くのチームが一斉に潜るので、あっという間に鉱物は採掘され尽くしてしまう。

　故に一人分にすれば、大きな儲けにはならないようだ。それに迷宮の魔物は油断ならない。鎧トカゲはもちろん、スライムでさえ迷宮探索者を殺すことがあるのだ。

「お前も一人で迷宮に潜るのは、考え直せ。危険すぎる。誰か他にいないのか？」

「探してみます」

「あたしも迷宮に行きたい」

　アメリアが言い出した。エグモントが顔をしかめる。

「ダメだ。迷宮探索は遊びではないのだぞ」

「一階層だけならいいでしょ。スライムだけなら大丈夫だって聞いたよ」

「スライムも危険なんだぞ」

　アメリアが頬を膨らました。

「デニス兄さんだけずるい。あたしも真名術を使いたい」

　アメリアはどうやら真名術を使いたいようだ。デニスとエグモントは相談し、アメリアに一階層だけ経験させることにした。

　デニスが一緒に付いていれば、スライムだけなら大丈夫だと話し合ったのだ。ただアメリアは迷宮探索に向いている服やリュックなどを持っていなかったので、雑貨屋のカスパルに頼んで取り寄せることになった。カスパルは数日で用意すると請け負ってくれた。

数日後、迷宮に行きたいという者が増えていた。アメリアの友達であるフィーネとヤスミンである。二人はデニスの真名術を初めて見た時から、迷宮に興味を持っていたらしい。

二人の両親が、アメリアに迷宮での戦い方を教えるのなら、二人にも教えてもらえないだろうかと頼みに来た。迷宮探索者の中に女性もいる。そういう女性探索者になれないかと相談されたのだ。

「いいでしょ、デニス兄さん。一生に一度のお願い」

「でもね、迷宮探索は本当に危険なんだ」

二人の親たちは九年前の大火事で何もかも失い、娘たちを養育することが難しいのだとデニスに伝えた。二人もいずれベネショフを出て、大きな町で職を探すことになる。何の教育も受けていない彼女たちが就ける職業は、水商売と呼ばれるものになるだろう。本人たちも親も、それは嫌だと言う。

そこにアメリアが迷宮デビューするという話を聞いて、一緒に行けば迷宮探索者になれるのではないかと考えたらしい。デニスが迷宮で大金を得たという話が庶民の間で広まっており、できれば自分たちも迷宮に挑戦したいと思っている者が多かった。

だが、戦い方を知らない庶民では、難しいと分かっている。過去に迷宮に挑戦しようと思う者がいなかったわけではないが、怪我をして戻り、探索者の道は諦めたようだ。

頼みを受けたデニスは、子供ではなく、自分たちが迷宮探索者になればいいのに、と思った。

だが、事はそう簡単ではないようだ。彼らは他にも子供が何人かいて、親が怪我をするわけにはいかないのだと言う。

デニスはそれ以上詮索しようとは思わなかった。それもこれも、領地の状況が悪く、生活が苦しいからなのだろう。

デニスは考えた末、二人を連れていくことにした。来年には、領地経営について学び始める。迷宮に潜る余裕がなくなるかもしれない。自分の代わりに迷宮から資源を持ち帰る者を育てるのは必要だと思ったのだ。

というわけで、まずは武器を用意することにした。フランツに頼んで、ネイルロッドを二本作成してもらう。アメリアにはデニスが使っていたものを渡し、新しいものはフィーネとヤスミンに渡した。リュックと水筒も用意する。

準備を整えた翌日、デニスたちは迷宮に向かった。デニスはリュックを載せたリヤカーを引き、アメリアたちは動きやすい服に、ネイルロッドを持って付いてくる。

「デニス様、迷宮の一階層はスライムだけなんでしょ？」

ヤスミンが尋ねた。

「ああ、ヤスミンたちには、スライムを仕留めて『魔勁素』の真名を手に入れてもらう」

ヤスミンたちは歓声を上げた。そして、アメリアが、

「『魔勁素』の真名が手に入れば、前に見せてもらったことができるの？」

「いや、あれは『魔源素』の真名を手に入れなければならないんだ。それは難しいから、アメリアたちは『魔勁素』にしておけ」

「えーっ」

三人が不満そうな声を上げる。

「俺も『魔源素』の真名がいい」

フィーネが少年のような口調で我儘《わがまま》を言った。

そういう我儘を言っていられるのも、実際にスライムと戦う前までだとデニスは思っていた。スライムの電撃のような攻撃を一度でも受ければ、どちらでもいいと思うはずだ。

迷宮に到着した。アメリアたちは少し疲れたようだ。岩陰で少し休ませることにする。

「この穴が迷宮なの？」

アメリアが確認した。デニスは頷き、迷宮で注意することをもう一度説明する。

「いいか、怖くても絶対に慌てちゃいけない。怖くなったら、僕の後ろに隠れろ」

「はい」「分かりました」「うん」

三人は一斉に肯定の返事をした。

迷宮に入ると、アメリアとヤスミンは恐る恐る、フィーネは目を輝かせて興奮した様子を見せた。それぞれの性格が出ているようだ。

「迷宮って暗いんだ」

フィーネは目を見開いて、キョロキョロしている。

「心配するな。明かりはある。少し暗いが慣れれば大丈夫だ」

五分ほど歩いたところで、一匹の緑スライムと遭遇した。

「これがスライム？」

アメリアが目を見開いて緑スライムを見つめている。フィーネとヤスミンも同じだ。

「最初は、フィーネが戦うか」

「やる！」

ネイルロッドを持って、フィーネが元気よく前に出た。ネイルロッドを振り回し、緑スライムを攻撃する。最初は核に命中しなかったが、三度目の攻撃で仕留めた。

さすがに一匹では真名を得られなかったようだ。アメリアたちはスライムを探して動き回り、数匹ずつ緑スライムを倒した。

その間にスライムの電撃攻撃も受け、魔物が油断できないものだということを学んだ。そして、鉱床のある小ドーム空間に辿り着いた。

「中は緑スライムが七匹。一気に行こうぜ」

フィーネが威勢のいい声を上げた。

「待て……。天井を見てみろ」

デニスが飛び込もうとする三人を止める。

この小ドーム空間は、デニスが『魔源素』の真名を得た場所である。そして、天井に多数のスライムが張り付いている場所でもあった。

「天井……何かいるのですか？」

アメリアたちは天井を見上げ、息を呑《の》んだ。天井が波打っているように見えるほど、多数の緑スライムがうごめいていたからだ。

「何だか、気持ち悪いです」

ヤスミンが感想を述べる。デニスも同感だと言いたい。

「デニス様、私たちだけで全部倒すんですか？」

「この数は、難しいか。三割だけ仕留めてやるから、合図したら中に入ってきて」

デニスは震粒ブレードを手に持ち、小ドーム空間に入った。先に地面を這っているスライムを仕留め始める。そうしていると、天井に張り付いていたスライムが一斉に落ちてきた。

「兄さん！」「ああっ！」「きゃあ！」

アメリアたちが驚いて大声を上げる。

デニスは冷静だった。降ってくるスライムを跳び回って避けながら、震粒ブレードで仕留めていく。三割ほど仕留めた頃、デニスは合図した。

合図を機に、入り口付近で待機していた三人が参戦する。真剣な顔でネイルロッドを懸命に振り下ろすアメリアたち。次第にスライムが減り始める。

「あっ」

フィーネが何かに驚いて声を上げた。デニスは『魔勁素』の真名を手に入れたのだと分かった。今回も黒スライムはいないようなので『魔源素』は手に入れられないだろう。

デニスは『魔源素』を手に入れてからも、何百匹とスライムを倒したが、黒スライムを目にしたことはなかった。それほど希少な存在なのだ。

フィーネに続いてアメリア、ヤスミンが『魔勁素』の真名を手に入れた。

「動きを止めるな。スライムはまだ残っているんだぞ」

初めての真名の獲得に動きを止めた三人だったが、デニスの声にハッとして戦いを再開する。すべてのスライムが消えた時、三人は精も根も尽き果てたかのようにぐったりして座り込んだ。

「デニス兄さんは、結構厳しい。あたしたち女の子なのに」

「十分優しいだろ。僕は一人で全部仕留めたんだぞ」

アメリアたちが、そうだったと言うように頷いた。

「さて、三人とも『魔勁素』の真名を手に入れたようだな」

三人は顔を見合わせ、嬉しそうに頷いた。

デニスは複雑な気持ちで三人を見ていた。妹のアメリアを始めとする少女たちが、無事に『魔勁素』の真名を手に入れたのは嬉しい。だが、自分と比べ少数のスライムで真名を手に入れられたことが腑に落ちなかった。

(僕の場合、死ぬかと思うほど苦労したのに、これが普通なんだろうか。それだと僕は恐ろしいほど運が悪いことになる)

少し休憩していると、フィーネのお腹が音を立てた。

「腹が減ったのか。昼飯にしよう」

「やったー」

余程お腹が空いていたらしく、フィーネはリュックからライ麦パンと水筒を取り出すと、すぐに食べ始めた。アメリアとヤスミンも、しょうがないなと笑いながらリュックから昼食を取り出す。

昼食を済ませた後、デニスは三人に真名の使い方を教えることにした。とはいえ、デニスは『魔勁素』の真名を持っていないので、本や資料を読んで頭の中で整理した理論に従い訓練を進める。

三時間ほど訓練すると、アメリアたちは『魔勁素』の使い方のコツを覚えた。この真名はまず、体内の魔勁素の存在を感じ取れるようになるところから始まる。

魔勁素を感じられるようになると、それを制御できるように訓練する。三人とも、今日の訓練で少しだけ制御できるようになった。

魔勁素を体内で循環させられるようになると、身体能力が上がる。通常の五割増し程度となるようだ。この能力をエッカルトが使っていれば、デニスは負けただろう。

「よし、そこまで。後は亜鉛を採掘して帰るぞ」

デニスは亜鉛を掘り尽くしてはいなかった。亜鉛より鉄の方が金になると分かっていたので、四階層を中心に採掘していたからだ。

三人にロックハンマーを渡して採掘させる。ロックハンマーというのは、通常のハンマーの片方がツルハシのような形状をしているものだ。戦鎚での採掘に限界を感じ、ディルクに頼んで作ってもらった特注品である。

三人の少女が鉱床を掘っている姿は、何かままごとでもしているようで微笑《ほほえ》ましい。だが、各人二キロほど採ると疲れてしまったようだ。デニスは採掘をやめて帰ることにした。地上に戻って亜鉛をリヤカーに積むと、エネルギーが切れたように、アメリアたちが眠たげな目をこすり始めた。

「眠いのか。三人ともリヤカーに乗ればいい」

「でも……」

ヤスミンがなんとか目を開けようと頑張るが、アメリアとフィーネはリヤカーに乗って、座り込んで寝てしまう。ヤスミンも我慢できなくなったようで、リヤカーに乗り寝息を立て始めた。

重くなったリヤカーを引いて町まで戻った。

「町に着いたぞ。そろそろ起きろ」

フィーネがアクビをして起き上がった。アメリアとヤスミンも起き上がって背伸びする。

「眠っちゃって、ごめんなさい」

アメリアが謝った。

「気にするな。それより亜鉛を売るぞ」

雑貨屋で六キロの亜鉛を売り、一人四〇パル、銅貨四枚ずつを得た。

「デニス様、もらっていいの？」

フィーネが掌の上に銅貨を載せて確かめた。

「君らが採掘して持ってきたものだ。遠慮なくもらえばいい」

銅貨四枚は、食事一回分程度の金額である。それでもフィーネたちにとって初めて稼いだ金は嬉しかったのだろう。しっかりと握り締めていた。

フィーネたちと別れ、屋敷に戻ったデニスは、岩山迷宮の最下層である五階層に挑戦するかどうかを考えた。

五階層にいる魔物はカーバンクル。額に角のような魔源素の結晶を持つ、狐《きつね》に似た魔物である。

屋敷の書斎にあった資料によれば、雷撃球を放つ魔物で、珍しい種族らしい。

珍しい理由は、この魔物を倒すと『結晶化』または『雷撃』の真名を得られるのだ。一つの種で二つの真名が得られる魔物はあまりいない。

これまでデニスが五階層に下りなかったのは、カーバンクルの放つ雷撃球が厄介な攻撃だからだ。だが、資料にはカーバンクルが厄介な魔物だと記されていない。四階層の鎧トカゲで『装甲』の真名を得て、その真名術が使えるようになれば、容易《たやす》く倒せるためである。

デニスは『装甲』を使いこなせるようになるまで、五階層に下りるのを待っていた。最近になってようやく装甲膜を展開したまま戦えるようになったので、五階層に下りる準備ができたのだ。

アメリアたちを迷宮に連れていくのは一日置きにしようと決めていたので、明日はデニス一人で挑むことになる。

翌朝、鍛錬を終えたデニスが、ダイニングルームで食事を待っていると、アメリアが起きてきた。寝ぼけた顔をしている。

「昨日は、疲れたか？」

「みゅふーっ。疲れたけど、すっごく面白かった。今日も迷宮へ行くの？」

「今日は一人で行く。アメリアはフィーネとヤスミンに文字の読み書きを教えてくれ」

母親のエリーゼに教えられ、アメリアは読み書きができた。フィーネとヤスミンはそうした教育を受けられていないため、アメリアに頼むことにしたのだ。

「いいよ。でも、二人は迷宮探索者になるんだよ」

迷宮探索者には文字の読み書きなど要らないのではないか、と疑問に思ったようだ。

「岩山迷宮もそうだけど、迷宮は調査され資料として残っている。迷宮探索者になるのなら、その資料が読めた方がいいだろ」

「あっ、そうか」

アメリアが納得する。デニスはさらに、『魔勁素』の真名を使う練習をするよう命じた。

「アメリアは真名術が使えるようになった。もう迷宮に行く必要はないだろ」

真名術を使いたいから迷宮に行くと言っていたのを思い出したデニスが確認した。

「駄目。魔勁素を身体の中でぐるぐる回すだけで、よく分からないんだもん」

アメリアは目に見えるような真名術を使いたいらしい。そうなると難しくなる。あの迷宮で得られる真名は、『魔勁素』『魔源素』『超音波』『嗅覚』『装甲』『結晶化』『雷撃』である。

その中で『魔源素』は論外として、目に見えるような真名術となると『雷撃』くらいだ。『嗅覚』でも満足するかもしれないが、護身用に『装甲』や『雷撃』の真名術を覚えるのもいいかもしれない。

この国は治安が良いとは言えない。『装甲』や『雷撃』が使えるようになれば、いざという時に役立つだろう。しかし、問題は『雷撃』が五階層の魔物から得られる真名だという点だ。

小さな迷宮とはいえ、アメリアに完全攻略させることになる。

そんなことを考えていると、アメリアが睨んできた。アメリアを無視して考え込んでいたからだ。

「そうだな。五階層に面白い真名を持つ魔物がいるんだ。調べてみるよ」

「約束よ」

迷宮に向かったデニスは、最短距離で四階層まで進み、最終階層の五階層へ下りた。

今回は金剛棒を得物としている。金剛棒で鎧トカゲを倒した後、使いこなせるように訓練したのだ。五階層も今までと同じような迷路であった。金剛棒を持ったデニスが用心しながら進んでいると、前方から何かの気配が近付いてくるのに気づいた。

デニスは『装甲』の真名を解放する。身体に装甲膜が形成され、その状態で進み出る。やはりカーバンクルだ。青い水晶のような角を持つ狐が、出合い頭に雷撃球を放った。

青い水晶から一〇センチほどの雷撃球が生まれ、火花のような電気を散らしながらデニスへ向かって飛んだ。速度は時速一〇〇キロほどだろうか。デニスは避けられず、雷撃球が肩に命中する。

当たった瞬間、雷撃球が爆《は》ぜた。

バチッという音とキナ臭い匂いが漂う。だが、痛くはない。装甲膜が守ってくれたようだ。デニスはそのまま突っ込んできたカーバンクルに金剛棒を振り下ろした。カーバンクルは一撃で絶命し、塵となって消える。

「なるほど、『装甲』さえあれば、厄介ではないな」

デニスは奥へと進んだ。途中六匹のカーバンクルに遭遇し問題なく仕留めた。小ドーム空間を見つけて中を覗くと、カーバンクルが七匹、うろうろしていた。その時、背後で何か小さな音がした。デニスは素早く振り返る。そこには一匹のカーバンクルがいて、今まさに雷撃球を放とうとしていた。

「うわっ！」

デニスは反射的に雷撃球を避けようと、小ドーム空間へと身を投げ出した。冷静に考えればあり得ない行動だが、無我夢中だったのだ。敵の中に躍り込んでしまったデニスは、カーバンクルの集中攻撃を浴びた。飛来する雷撃球を跳び回って避けながら、金剛棒を振り回す。

何発も身体に雷撃球が命中する。装甲膜がなければ無事では済まなかっただろう。

動き回るうちに冷静さを取り戻した。

デニスは一匹ずつ確実に仕留めることに集中する。まず右端の個体に狙いを定め、走り込んで金剛棒を打ち下ろす。一匹を仕留めた後は、戦いの主導権を握ることができた。次々にカーバンクルを叩きのめして、数分後には決着が付いていた。

「はあーっ、無様な戦いをしてしまった」

だが、収穫はあった。戦いの最中に『結晶化』の真名を得たのだ。

一休みしてから、鉱床を探す。ここの階層にある鉱床は、石炭である。良質の無煙炭なのだが、価値はあまり高くない。

石炭であれば、露天掘りの炭田が北部地方にあるからだ。石炭を二〇キロほど担いで戻っても採算が合わないというのが実状で、五階層は人気のない場所だったらしい。

ただ石炭は鉄などより豊富に存在し、大量に運ぶ方法さえあれば燃料として使えるようだ。

デニスは採掘せず、再び迷宮の奥へと進み始めた。二つの小ドーム空間を見つけ、中にいるカーバンクルを仕留めるが、『雷撃』は手に入らなかった。

とうとう最後のどん詰まりまで辿り着いた。そこには三メートル四方の石壁があるだけだ。

「はあ、最後まで来てしまった」

デニスは『雷撃』の真名を手に入れられず苛立《いらだ》っていた。『結晶化』の真名が割と簡単に手に入ったので、『雷撃』もと思ったのだが、世の中そう上手くいかないようだ。

デニスは無意識に金剛棒を持ち上げ、石壁を叩いた。コンと軽い音がする。デニスの心に何か引っかかるものが残った。

「何だろう。何が気になるんだ?」

デニスはもう一度金剛棒で石壁を叩く。また軽い音が響き、それに違和感を覚えたのだと分かった。

「向こう側が空洞になっているのか?」

疑問に思ったデニスは、震粒刃を形成し石壁に叩き付けた。石壁に小さなヒビが入った。そのヒビを目掛け、何度も震粒刃を打ち付ける。

突然、石壁がガラガラと崩れ、奥に今までの倍以上の広さがあるドーム空間が現れた。そこには一匹のカーバンクルが佇んでいた。

「こいつは、カーバンクルなのか？」

デニスの疑問ももっともで、その個体は普通のカーバンクルよりはるかに大きかった。普通のカーバンクルが中型犬ほどの大きさだとすれば、このカーバンクルは大型犬より一回り大きい。カーバンクルの亜種のようだ。

そのカーバンクルの額に光る水晶角は、青ではなくルビーのように赤く輝いていた。カーバンクルの王のような風格を持つ魔物が、デニスを睨んだ。その目は怪しい光を放っている。

デニスは誘われるようにふらふらと中に入る。意識が麻痺したように、考える力を失っていた。

ルビーカーバンクルがゆっくりと近付いてきた。その目には獲物を捕らえた満足感が浮かんでいる。どうやら眼光が特別な力を持つらしい。

ルビーカーバンクルがデニスの首に牙を突き立てようとした。

その瞬間、金剛棒が持ち上がりルビーカーバンクルの額を叩いた。命の危機を感じた雅也が、精神の表面に出てきて守ったのだ。その一撃で水晶角が根本からポキリと折れ、地面に転がる。

ルビーカーバンクルは凄まじい悲鳴を上げ、地面を転げ回った。

意識がはっきりしたデニスはチャンスだと考え、震粒ブレードを形成する。この魔物を仕留めるには必要だと思ったのだ。

角を折ったため、雷撃球攻撃の心配はない。油断なく構えていると、地面を転げ回っていたルビーカーバンクルが急に飛びのいた。唸り声を上げるルビーカーバンクルは、デニスを睨んで何かをしようとしていた。突然、一匹のカーバンクルが現れ、デニスを攻撃してきた。

「何でだ!?」

驚きの声を上げたデニスの目前で、またカーバンクルがどこからか現れた。

「まさか……カーバンクルを召喚している?」

召喚されたカーバンクルとデニスとの戦いとなった。カーバンクルたちは雷撃球攻撃を仕掛け、デニスは避けながら反撃する。ルビーカーバンクルは、カーバンクルを召喚することに集中しているようだ。デニスはカーバンクルを一匹仕留めた。その瞬間、『雷撃』の真名が頭に飛び込んできた。

「ヤバイ、これじゃダメだ」

ルビーカーバンクルを仕留めなければ、デニスの方が先に体力が尽きると分かった。装甲膜は展開している。数回の雷撃球攻撃なら耐えられる。カーバンクルの攻撃を無視して、ルビーカーバンクルに特攻をかけることにした。敵に向かって駆け出すデニス。その身体に雷撃球が命中する。攻撃に耐えながら、デニスは突き進んだ。三発めの雷撃球が命中した時、装甲膜が揺らぎ、漏れた電流がデニスの神経を責め立てる。

「イッ!?」

痛みを堪えたデニスは、ルビーカーバンクルを睨み付け突進。最後の一歩を跳躍し震粒ブレードを振り下ろす。太い首に命中した震粒刃が、その皮と肉を削り取る。悲鳴を上げるルビーカーバンクル。デニスは装甲膜が長く保《も》たないことを感じ、速攻で仕留める決意を固めた。

デニスはルビーカーバンクルの首を集中的に狙った。何度目かの攻撃で震粒ブレードが首の半分まで食い込む。ルビーカーバンクルは粉々に砕け、塵となって消えた。召喚主が死んだことで、召喚されたカーバンクルたちも消滅した。デニスの勝利だ。

デニスの頭に新たな真名が飛び込んだ。それは『召喚（カーバンクル）』である。

「召喚か……希少な真名だ。だけど、使いこなせるかは微妙だな」

召喚の真名は、いくつか知られている。だが、希少価値の割にどれも利用価値は高くないらしい。

今回のカーバンクルを召喚する真名は、例外的に利用価値が高いもののようだ。

雷撃球攻撃を使える魔物は、戦力となる。だが、召喚した魔物と連携して戦うのは難しいと言われる。

魔物を完全に制御するには、強い精神力が必要になるからだ。制御に集中すれば、召喚主が戦えなくなる。それでは意味がないので、召喚を戦闘に使う者は少ないのだ。

強力な魔物を召喚できるようになれば戦闘を任せられるのだろうが、そんな魔物を召喚する真名を得るには、ルビーカーバンクルのような通常より数段強い魔物を倒す必要がある。

そのため貴族の中には配下に命じて魔物にダメージを与え、最後のとどめだけを刺して、召喚の真名を手に入れる者もいるらしい。

デニスはルビーカーバンクルのいたドーム空間を『ボス部屋』と名付けた。ボス部屋には鉱床はなく、その代わり奥に大きな扉が見つかった。

「この扉は何だ？」

デニスは高さ三メートルほどの扉を開けた。その向こうには、信じられない空間が広がっていた。

広大な面積を持つ森林である。デニスは外に出てしまったのかと思った。しかし、上を見ると岩盤に覆われた天井がある。まだ迷宮の中のようだ。

この迷宮の六階層が発見された瞬間だった。

「大発見だ」

何十年、何百年も、岩山迷宮は五階層までだと信じられてきた。だから、取るに足らない迷宮だと思われていたのだ。それが今回の発見で覆った。

ここから見渡す六階層は、数キロ四方もある森林のようだ。この規模の地下迷宮は、王都の近くにある三大迷宮くらいしか知られていない。

こういう森林エリアでは、多種多様な食料や素材が大量に採取できる、天然の素材庫とも呼べる存在になっていることが多く、ベネショフ領は大きな収入源を得たことになる。

六階層への扉は、崖の中腹にある穴に取り付けてあった。六階層の地面から扉へは、一〇メートルほどの高さがある。地面に下りるには、崖に掘られている道を下りるようだ。

迷宮では慎重に行動しなければならないという鉄則を破り、デニスは坂を下りた。どんな階層か知りたいという欲求に負けたのだ。

普通の森林のように見えるが、太陽のない迷宮で木々が青々と茂っていること自体が不自然だ。天井は曇り空のような感じで光っている。

四方を壁で囲われているはずなのに、風も吹いているようだ。改めて迷宮の不思議を感じた。デニスは森を注意深く観察した。森から小柄な子供のような人影が出てきた。

「人間……いや、人型の魔物か」

その魔物は濃い緑色の皮膚をした醜い小鬼だった。ゴブリンと呼ばれる魔物である。本で読んだゴブリンの情報を思い出す。

知能は人間の五歳児並みだが、道具を器用に使いこなす魔物だと記載されていた。力は成人男性並みだとあったので、小さいからといって侮っては痛い目に遭う。

ゴブリンがデニスに気づいた。手に持っている棒を振り上げ、こちらに走ってくる。デニスは金剛棒を上段に構えた。もう一歩で間合いに入るという瞬間、こちらから飛び込んで袈裟懸けに棒を振り下ろす。ゴブリンの脳天に金剛棒が叩き込まれた。ゴブリンは一撃で倒れ、塵となって消える。

デニスはここで帰ることにした。ルビーカーバンクルとの戦闘もあり、少し疲れを感じたからだ。

坂を上って扉に戻る。中の様子に変わりはない。何かキラリと光るものが目に入った。ルビーカーバンクルの水晶角である。ドロップアイテムとして残ったようだ。

「これって高く売れそうだな」

デニスは水晶角を巾着袋に入れ、とぼとぼと戻り始める。石炭を持って帰ろうか迷ったが、精神的に疲れていたので採掘はやめた。

屋敷に戻り、領主であるエグモントに報告した。

「な、何だと……六階層を発見した⁉」

エグモントは酷く驚いた様子を見せた。

「調べてみないと分からないけど、貴重な薬草や食料が採取できるかも」

「それは朗報だ。だが、それを採りに行ける人材が、お前一人というのでは役に立たん」

「他領から呼ぶのはどう？」

エグモントが首を横に振る。

「まだ、他領に六階層の存在を知られたくない。他領から人を雇えば、いずれ知られてしまう」

大きな迷宮は資源の供給地として、貴族にとっては手に入れたい存在である。そんなものがベネショフ領にあると知られれば、ちょっかいをかけてくる者が現れるかもしれない。

エグモントはそういう連中を恐れているようだ。

「地道に迷宮探索者を育てるのが、一番の近道なのか」

デニスの言葉に、エグモントが頷いた。

「時間はかかるが、それが確実だ」

「なら、アメリアたちを実験台にするかな」

「おい、実験台だと」

エグモントが目を吊り上げている。言い方がまずかったようだ。

「アメリアたちを迷宮探索者に育てられるか試してみるだけ。無茶はしないよ」

「本当だろうな。アメリアに大怪我でもされたら、エリーゼの奴に殺される」

息子たちには偉そうにしているエグモントだが、妻には尻に敷かれているようだ。エリーゼが屋敷にいれば、アメリアの迷宮行きは反対されただろう。

迷宮の話が終わり、エグモントが何かを躊躇《ためら》っているような様子を見せた。

「何か問題でもあるんですか？」

デニスの言葉に、エグモントが意を決したように話し始める。

「ヴィクトール準男爵に借りている借金のことだ。どうにかして早めに返したいのだが、目処《めど》が立たんのだ」

借金を返すために知恵を貸せとエグモントは言う。

デニスにはアイデアがあった。正確に言うと雅也から出たアイデアである。ベネショフの町の北に森がある。そこには赤い花を咲かせ、大きな実をつける樹《き》の林があった。その林を見た雅也が、椿《つばき》の樹に似ていると言い出したのだ。椿の実からは油が取れる。その油が売れるのではないかと、デニスに伝えていた。

それを思い出したデニスは、少し調べてみるとエグモントに言い、待ってもらうことにした。その間に、雅也に椿の実から油を抽出する方法を調べてもらおうと考えた。

ちなみに椿に似た樹は、サンジュの樹と呼ばれている。その実はリスや野ネズミの食料となっているようだった。

翌日、アメリアたちを連れて迷宮へ向かった。

「昨日、文字の勉強はしたのか？」

「はい、アメリアに一〇個の文字を教えてもらいました」

ヤスミンはアメリアに『様』を付けるのをやめたようだ。アメリア自身がやめさせたのだろう。

ヤスミンの答えを聞いてデニスは頷いた。

「真名術の練習は？」

「ちゃんとしたよ。駆けるのが速くなった」

「よし、今日は二階層に下りて、毒コウモリを倒すぞ」

アメリアたちが嬉しそうに返事を返した。

この娘たちを一人前の迷宮探索者へ育て上げられれば、領民の誰でも迷宮探索者にできるだろう。

その迷宮探索者が将来ベネショフ領を潤すことになる。

ただ六階層から利益が挙がるようになるのは、時間がかかりそうだ。その前にサンジュの実から油が取れるか確かめねばならない。

「アメリアたちはサンジュの実を知っているか？」

「知っているよ」

「去年、実を採りに行った」

フィーネが元気よく答えた。

「へえ、その実はどうした？」

「まだ家にあると思う」

「その実をもらえないか？」

「いいよ」

本当にサンジュ油の抽出が可能か、事前に調べたいと思っていたのだが、どうやってサンジュの実を集めようかと悩んでいた。今年のサンジュの実が収穫できるのは、一ヶ月ほど先になる。その前に確かめておきたかったのだ。

迷宮に到着。一階層は素通りして二階層へと向かう。

「この階層の毒コウモリは、素早く飛び回る。『魔勁素』を使って身体能力を上げて仕留めるんだ」

アメリアたちが力強く返事をして、ネイルロッドを構えた。

その後、魔勁素制御の訓練も含めて、毒コウモリとの戦闘が開始された。毒コウモリは防御力が低いので簡単に仕留められる。ただ素早いので、正確に命中させるには瞬発力と敵の動きを見極める目が必要だった。

毒コウモリとの戦いは、敵の動きを見る動体視力を鍛えるのに有効である。時々引っ掻かれたり噛まれたりするが、デニスがサポートしているので大きなダメージを負うことはなかった。

「いやーっ！」「ほりゃっ！」「しゃーっ！」

騒がしく戦っている三人の少女たちを見守りながら、どういう風に育てるか、デニスは考えた。

フィーネは力が強く素早いので、前衛に向いている。

アメリアも意外と力が強い。威力のある武器でとどめを刺す中衛がいいだろう。ヤスミンは視力に優れ、精神力も強い。後衛で真名術または弓による攻撃がいいかもしれない。

しばらくの間、アメリアたちは毒コウモリとの戦闘を繰り返した。戦っては休憩し、戦っては休憩という繰り返しだ。それを一日置きに三回繰り返すと、アメリアたちが『超音波』の真名を手に入れた。

但し、魔源素を制御できないアメリアたちには、震粒刃を形成することはできない。

アメリアたちの迷宮探索が休みの日。デニスはフィーネから手に入れたサンジュの実を持って庭に出た。麻袋に入ったサンジュの実は、一キロほどだろうか。

十分に乾燥している実を、桶《おけ》を改造して作った蒸し器で蒸し上げ始める。それを目にしたアメリアたちが寄ってきた。

「デニス兄さん、何をしているの？」

「フィーネからもらったサンジュの実から油を作ろうと試しているんだ」

「ええっ、それから油が取れるの？」

フィーネが驚いている。

「ああ、種子の中に油が入っているんだ」

蒸し上がった実を本当なら一昼夜寝かせるのだが、今回は省略し、冷えるまで待ってから、石臼の上に載せ棒で細かく砕く。

それを麻布で包み、小さな桶に入れた。そして、平たい石を入れ、その上に大きな石を積み重ねる。石を積み重ねるたびに、麻布から油が滲《し》み出て桶に溜まっていく。

アメリアたちは、桶の周りでジッと見ていた。

「布から出てきたのは油？」

アメリアの質問に、デニスが頷いた。

「本当に？」

フィーネは疑っているようだ。デニスは桶に溜まった油をスプーンで掬い上げ、陶器の小瓶に入れた。使い古しの紙を捻ってこよりを作り、小瓶に入れる。中の液体を吸い込んだのを確かめてから火を点けた。水だったら燃えないはずのこよりが、油を吸い上げ燃え始める。

「本当に油です。燃えてます」

ヤスミンが声を上げ、燃え上がる炎を見つめている。

「ねえ、デニス兄さん。油を作るのは簡単だったのに、何で他の人は作らないの？」

「知らなかったからじゃないか」

そう言ったが、サンジュ林は人間が植林したものだとデニスは考えている。

ベネショフ領をブリオネス家が継承する以前、オルベネショフ家がベネショフの支配者だった。

八〇年ほど前に、オルベネショフ家が謀反の罪で取り潰され、ブリオネス家が王命により継承した、と記録に残っている。

オルベネショフ家の時代に、サンジュの樹が植えられたようだ。当然、オルベネショフ家はサンジュ油の製造方法を知っていただろう。その製造方法はブリオネス家には伝わらず、サンジュ林は放置され、その実は野ネズミの餌となっているということのようだ。

デニスはこよりを小瓶から取り出し、地面に投げ捨て火を消した。桶に残っている油も全て小瓶に入れてから片付けた。

取り出した油には不純物が混じっているようだ。この後処理として、加熱殺菌と濾過《ろか》が必要なのだが、道具が揃っていないので、今日はここまでとした。

デニスはサンジュの実から油が搾油《さくゆ》できると分かっただけで満足だった。


その日の昼頃、中核都市クリュフから知らせが届いた。エリーゼの父、つまりデニスの祖父であるイェルクが危篤状態になったという連絡である。

エグモントは旅支度を急がせ、クリュフへと旅立った。向かうのはエグモントとデニス、アメリア、エルマである。

ユサラ川を渡し船で渡り、クリュフとバラスを結ぶ街道へと出る。その街道は、クリュフバルド侯爵により整備されていた。

侯爵が王都へ向かう道であり、王都とクリュフを結ぶ輸送路でもある。往復する荷馬車は多く、旅人の往来も多い。アメリアは初めての旅なので興奮していた。キョロキョロと周囲を見回し、荷馬車が通ると何が積んであるのかと騒ぐ。

「あまり騒いじゃ駄目だぞ。お祖父《じい》様が危篤なんだ」

「ごめんなさい」

途中の小さな村で一泊し、翌日の昼過ぎにクリュフに到着した。イェルクの屋敷は都市の中心部にあった。レンガ造りの二階建てで、ブリオネス家の屋敷より立派だ。

門の呼び鈴を鳴らすと、中から使用人らしい男が現れ中に入れてくれた。

「ジョゼ、久しぶりだな」

「エグモント様も、お元気そうで何よりです」

中年の使用人ジョゼが、エリーゼの部屋に案内してくれた。部屋にはデニスと同じ琥珀色の瞳をした女性が、三歳ほどの幼女をあやしていた。

「あなた、いらっしゃったのね。お父様が危ないらしいの」

アメリアがエグモントの後ろから、ひょこっと顔を出しエリーゼを見ると、その胸に飛び込んだ。

「まあ、アメリア。少し大きくなったんじゃない？」

エリーゼがアメリアを抱きかかえる。デニスはもう一人の妹、マルガレーテを抱き上げた。

「にぃにぃだ」

「そうだ。デニス兄さんだよ、マーゴ」

マルガレーテは、家族の間では愛称であるマーゴと呼ばれている。マーゴが小さな手でデニスの頬を叩きながら嬉しそうに笑う。

エグモントはイェルクの容体を尋ねた。

「手紙にも書いたように、お父様の体力が尽きかけているわ」

「治療法はないのか？」

「お父様の病気は、シルビック虫という寄生虫が腸に巣食うことで起きる病なの。医師が調べてくれたのだけど、この病は、影の森迷宮にいるドライアドがドロップするドライアドの実が薬になると分かったの」

「ならば、そのドライアドの実を購入して……」

「駄目よ。今年採れたドライアドの実は、全て売れてしまったようなの」

「迷宮探索者に頼んでみたのか？」

「三組の探索者たちを雇って、採りに行かせたのだけど……駄目だったわ」

話を聞いていたデニスは、

「僕が影の森迷宮へ行くよ」

「駄目、危険なのよ」

エリーゼは反対した。デニスはドライアドのいる区画を確認した。影の森迷宮は上下の階層ではなく区画で分けられており、区画ごとに難易度が違う。

「七区画だと言っていたわ」

七区画にはそれほど強い魔物はいないらしい。だが、問題は魔物だけではない。影の森迷宮に入るためには、クリュフバルド侯爵の許可証が必要だというのだ。こういう場合、貴族なら侯爵に挨拶するのが普通らしい。

まず母親の反対を説き伏せ、影の森迷宮へ行くことを認めてもらった。野盗四人を返り討ちにしたという実績と岩山迷宮の五階層攻略が効いたようだ。母親の説得で時間を食ったが、危篤の祖父を見舞い、様子を確かめた。逞しかった肉体が嘘のようにしぼみ、小さくなっている。

「祖父さん、頑張ってくれ。僕がドライアドの実を持って帰るから」

見舞った後、エグモントと一緒に侯爵の屋敷に向かった。屋敷というより、城と呼んでもおかしくない規模の建物だ。運良く侯爵は滞在しており、会うことができた。クリュフバルド侯爵は、四〇歳ほどの渋いおじさんで、妙に迫力のある人物だった。

「エグモント殿、昨年以来となるな。壮健のようで何よりだ」

「クリュフバルド侯爵におかれましても、ご壮健のこととお喜び申し上げます」

挨拶を交わしたエグモントは、用件を切り出した。イェルクが危篤であり、治療するには影の森迷宮へ行き、ドライアドの実を持ち帰る必要があること、そのための許可が欲しいことを。

「なるほど、影の森迷宮へ入る許可証が欲しいのだな」

「息子のデニスが迷宮に採りに行くと申しております。何卒《なにとぞ》お願いいたします」

「よかろう。イェルクはクリュフバルド侯爵騎士団の副団長を務めた者だ。私も死なせたくはない」

侯爵が従士に許可証を用意させるように指示すると同時に、二人の男を呼んだ。

現れたのは騎士団に所属するという騎士だ。一八歳ほどの若者と、三〇歳ほどの口髭を生やした男がクリュフバルド侯爵の前に出る。口髭の騎士が代表し、口を開いた。

「何か御用でしょうか？」

「ベネショフ領の後継者デニス殿が、影の森迷宮へ行かれる。お前たちは護衛として付いていけ」

「畏《かしこ》まりました」

一人で迷宮に挑戦するのが不安だったデニスは、侯爵の厚意に感謝した。

「私は騎士団のローマン、こっちはトビアスです。全力でお守りします」

「ありがとうございます」

口髭を生やした騎士がローマンで、若いヒョロッとした騎士がトビアスというらしい。ロングソードを帯びた逞しい体躯から、どちらも頼もしさを醸し出している。

準備があるので、その日に出発とはいかない。二人とは翌朝、都市の出口で待ち合わせる約束を交わして、侯爵の屋敷を辞去した。

デニスはクリュフの商店街に向かった。迷宮探索者らしい服を買うためである。今まで使っていた狩猟服は、あちこちが破れ、ツギハギだらけになっていたのだ。身体に合った丈夫な麻製の古着を買った。その上に鎧トカゲの革で作ったチェストプロテクターと籠手《こて》、脛当てを着ければ迷宮探索者らしく見えるだろう。

鎧トカゲのドロップアイテムである皮は、売るかデニス自身が使うか迷ったが、これからも迷宮探索を続けるのなら防具も必要だろうと、素材として使った。

防具は影の森迷宮に挑戦する機会があれば――と思い持参していた。

翌朝、防具と金剛棒を装備し、リュックを背負ったデニスは待ち合わせ場所に向かう。二人の騎士が待っていた。

「すみません。待たせましたか？」

「いいえ。それより武器は棒なのですか？」

「ええ、特別な棒です」

「特別？　ふむ、どう特別なのかは知らんが、後悔しないのならいい」

ローマンの口調が、ややくだけたものになった。デニスを馬鹿な若者だと思ったのかもしれない。

デニスたちは影の森迷宮へ向かった。二人と話をして、何度も迷宮へ行った経験があるらしいと分かった。『魔勁素』の真名は持っているだろう。他の人間が迷宮でどういう風に戦うのか興味があった。探索者としてのノウハウを持っているなら、それを手に入れたいとデニスは思った。

「ローマン殿、影の森迷宮にはどんな魔物がいるんです？」

「七区画にいる魔物は、ゴブリンとファングウルフ、それにオークとドライアドだ」

ゴブリンとファングウルフはそうでもないが、オークとドライアドは厄介な魔物だと聞いていた。侯爵は良き部下であったイェルクの孫を死なせたくなかった。岩山迷宮を攻略した程度では、未熟な若者であるという認識は覆らなかったようだ。助っ人の二人には、デニスに影の森迷宮がどれほど危険か悟らせ、目的が達成できなくとも無事に連れ帰ることを命じている。

「七区画には、影の森迷宮の北側から入ります」

ローマンが説明した。影の森迷宮は棲み着いている魔物の強さに合わせ、九区画に分けられている。一番強い魔物が棲み着いている場所が一区画で、最弱の魔物がいる場所が九区画である。

七区画は北側に入り口があった。中に入ったデニスたちは、すぐにゴブリンの群れと遭遇した。群れは八匹、木の枝を折って作ったような棒を持っている。デニスが前に出ようとすると、ローマンから止められた。

「我々に任せてください。行くぞ」

ロングソードを抜いた騎士二人が駆け出す。『魔勁素』の真名は使っていないようだ。相手が格下のゴブリンだからだろう。

ローマンはハルトマン剛剣術、トビアスはクルツ細剣術の使い手のようだ。ローマンは思い切りよく飛び込んで力強い斬撃でゴブリンの胸を斬り裂いた。

一方、トビアスは棒の攻撃を受け流し、相手の首を斬り裂いた。二人とも戦いに慣れている。瞬く間にゴブリンの数が減っていく。

息絶えた魔物は、岩山迷宮と同じように塵となって消えた。どこの迷宮でも同じらしい。

ゴブリンが四匹まで減った時、一匹がデニスの方に走り込んできた。デニスは金剛棒を上段に構え、間合いに入った瞬間、振り下ろした。その一撃は頭蓋骨を割り、ゴブリンの息の根を止めた。

結局デニスが倒したのは、その一匹だけだった。後は騎士二人が倒した。

「棒でも魔物を倒せるようだね」

ローマンがデニスに声をかけた。デニスが特別な棒だと言ったのを信じていなかったようだ。

「持ってみますか?」

デニスが言うと、ローマンが頷いた。デニスが金剛棒を差し出す。ローマンは左手で受け取り、驚きの声を上げた。

「お、重い。中に鉄でも仕込んでいるのかね?」

「買った時から重かったので、分からないな」

「俺にも持たせてください」

トビアスが珍しく声を上げた。金剛棒の重さを確かめた彼は、何か納得したという風に頷いた。

「しかし、よくこんな重い棒を振り回せるな」

「鍛錬したから」

デニスは何でもないというように言ったが、かなりきつい鍛錬だった。最初に金剛棒を使って鍛錬した時は、腕の筋肉がつりそうになった。

デニスたちは七区画の奥へと進み、ファングウルフと遭遇した。大型犬並みの体格と、ナイフのように鋭い牙を持つ狼の魔物だ。

「四匹だ。全員で戦うぞ」

ローマンが戦いを主導する。デニスは金剛棒を上段に掲げ、待ち構えた。デニスを狙って駆けてくるファングウルフは、間合いの外から跳躍した。デニスも同時に跳躍し、交差する瞬間、空中で金剛棒を振り下ろす。金剛棒の先端がファングウルフの頭部に減り込んだ。ダメージを受けたファングウルフは地面を転げ回る。

デニスがとどめを刺そうとした時、もう一頭のファングウルフが襲いかかってきた。デニスは金剛棒を横に薙ぎ、狼の肩を叩いた。その間に転がった狼が起き上がろうとするも、狙い澄ました一撃を脳天に叩き込んで仕留めた。

デニスが周りに目をやる頃には、全ての魔物が倒されていた。

デニスたちの探索は順調だ。さらに奥へ進むとオークと遭遇し戦いとなった。オークはタフな魔物だ。少しくらい斬られても死なない魔物である。

オーク相手には震粒ブレードが威力を発揮した。肉を削り取り大きなダメージが与えられる震粒刃は、急所に叩き込めば一撃で仕留められる。

かたや、ローマンたちは苦戦している。刃の入る角度が悪ければ分厚い脂肪と強靭な筋肉で弾かれ、急所にロングソードの刃が入っても致命傷にならないことが何度もあった。

　このオーク戦で、ローマンたちは初めて真名術を使ったようだ。その動きが格段に鋭さを増していたので分かる。しかし、戦闘の結末は意外なものになった。デニスが四匹を倒し、残りの三匹をローマンとトビアスが仕留めるという結果で終わったのだ。

「その棒を侮っていたよ。真名術と組み合わせた時は、この剣より上だな」

　ローマンが正直に認めた。二人の騎士のデニスを見る目が変わっている。

　その後、何度かの戦いを経て、ついにドライアドが棲み着いている場所まで辿り着いた。

「ドライアドと戦ったことはある？」

「いいや、初めてだ。奴の声を聞いてはいけないという噂を聞いたことがある。人間を惑わす声を上げるらしい」

　その時、奇妙な音を聞いた。誰かがハミングしているような音だ。迷宮の中ではあり得ないことである。デニスは、音を振り払うように頭を振った。

　騎士の二人を見ると、ハミングに聞き入るように呆然と立ち止まっている。

「聞くな、耳を塞ぐんだ！」

　デニスが発した警告は遅かった。不思議な音に魅入られたローマンとトビアスは、ゆっくりと音のする方向に歩み始めている。

　デニスは最初ハミングの音だと勘違いしたが、その音はドライアドの言葉だった。この種族の言語は、人間にはハミングしているように聞こえるのだ。

「おい、しっかりしろ」

デニスは二人の肩を掴み揺さぶった。それでも正気に戻らない。ローマンたちが奥へと進み、一本の奇妙な樹の前に出た。よく見ると、幹に美しい女性の顔のようなものが浮かび上がり、その口から音が発せられているようだ。

ローマンたちがさらに進む。すると、ドライアドの近くの地面からうごめく根が姿を現し、ローマンたちを絡め取ろうとした。

デニスは音が強くなっているのを感じた。意識が音に魅了され惹きつけられる。何度か魅了されそうになるが、デニスの精神に潜む雅也の助力があり、そのおかげで辛《から》くも正気を保った。

少しだけ頭がはっきりした。その瞬間を利用して、今では反射的に形成できるようになった震粒刃を生み出した。震粒ブレードを構えたデニスは、ドライアドの前に飛び出す。

うごめく根がデニス目掛けて襲いかかった。震粒ブレードで根を打ち払いながら、ドライアドに近付く。そして、ドライアドの顔に震粒刃を叩き込んだ。脳みそに突き刺さるような叫び声が上がった。その痛みに耐えながら、もう一度叩き付ける。叫び声による痛みで震粒刃が消えていた。

デニスは真名術が解けた金剛棒を何度も何度も叩き付ける。ドライアドの顔が歪み、夜叉《やしゃ》のような顔になっている。だが、デニスは怯まず攻撃を続けるしかなかった。

いつの間にかドライアドの声が消えている。うごめいていた根がピクピクと痙攣し、最後には静かになった。緑の葉を付けていたドライアドが、黒く変色し砕け散って塵となった。

ポトリと何かが地面に落ちた。ドライアドの実である。それと同時に新しい真名を得たのを感じた。『言霊《ことだま》』という真名である。

「一匹しか倒していないのに。……あのドライアドは、特別な奴だったのか」

デニスが本から仕入れた知識によると、ドライアドは厄介な魔物だとされている。しかし、これほど強力な魅了の能力を持っているとは書かれていなかった。

ドライアドの叫びで痛めつけられた頭がズキズキする。それが治まるまで待っているうちに、ローマンとトビアスが意識を取り戻した。

「ううっ、頭が痛い。何があったんだ」

トビアスが唸るような声を上げげた。

「ドライアドだ。奴に操られたのだ」

ローマンは操られている間の記憶があるようだ。デニスがドライアドについて尋ねると、やはり普通のドライアドではなかったらしい。

「貴殿を守るはずの我々が無様な姿を見せてしまいました。申し訳ない」

「いえ、僕も危なかった。偶然、最後まで耐えられただけですよ」

「素晴らしい精神力です」

ローマンの褒め言葉は本心からのようだ。立派な騎士からの言葉に、デニスは面映《おもはゆ》くなった。ただ冷静に分析すると、雅也の意識が加勢してくれたおかげで耐えられたようなので、正当な評価ではないと結論した。

「ドライアドの実は、手に入れられたのですか？」

トビアスの質問に、デニスが首肯《しゅこう》する。

「おめでとうございます」

「ありがとう。お二人が手伝ってくれたおかげです」

ローマンは偉ぶらないデニスに好印象を持ったようだ。

デニスは二人から迷宮についての話を聞きながらクリュフに戻った。その中で真名に関する貴重な情報を得た。

真名は同じ魔物を連続で倒すと得やすいそうなのだ。影の森迷宮のような複数種類の魔物が襲ってくる迷宮では、真名を得るのも時間がかかるらしい。

岩山迷宮のようなタイプの迷宮の方が、真名を得るには有利なのだと言う。但し、影の森迷宮でも時間はかかるが真名を得ることは可能なので、迷宮探索者たちはあまり問題にしないそうだ。

クリュフに戻り、デニスはローマンたちと別れた。


イェルクの屋敷へ駆け足で戻っていくデニスを見送ったローマンたちは、侯爵の屋敷に向かった。

執務室に入った二人は事の顛末《てんまつ》を報告する。

「あのデニスという若者は、素晴らしい才能を持っているようです」

影の森迷宮におけるデニスの活躍を、ローマンが報告した。始めはニコニコした顔で聞いていた侯爵だったが、途中から厳しい顔となる。

「ふむ、ベネショフの後継者は、それほど優秀か」

「侯爵閣下、厳しい顔をされていますが、何故です?」

「我が侯爵家の後継者は、ランドルフだ。才能はどちらが上だと思う?」

ローマンの顔が強張った。侯爵の息子であるランドルフは、真面目な青年である。王立ゼルマン学院を優秀な成績で卒業し、現在は領地経営の勉強をしている。頭は良く、武術の腕も平均以上である。だが、特出したものがなかった。ランドルフとデニスを比較すれば、どうだろう。武術の腕だけならデニスが上だ。精神力も上かもしれない。

ローマンは思った通りに答え、そして、付け加えた。

「ただ、デニス殿は貴族としての教育を受けていないと言っておられました。普通は王立ゼルマン学院で勉強するのですが、事情があり領地で自学していたそうです」

「なるほど、武術と精神力はデニス、勉学はランドルフか。ランドルフの協力者となるようなら育てる方がいいか」

侯爵の顔に満足そうな笑みが浮かんだ。

◆◆◇◇◆◆◇◇◆◆

デニスは屋敷に帰ると、医師にドライアドの実を渡した。エグモントは息子の肩に手を置き、

「よくやった。お前は自慢の息子だ」

そう言って微笑んだ。

医師が調製した薬は、イェルクに劇的な効果を発揮した。イェルクの腸に寄生した虫が死に、顔色が良くなったのだ。

「これでもう大丈夫でしょう」

医師の言葉を聞いたエリーゼは泣いて喜んだ。そして、デニスを抱きしめる。

「本当に、あなたは自慢の息子です」

「にぃにぃ」

マーゴがエリーゼの真似をして抱き付いた。

第四章：ドリーマーギルド設立とサンジュ油

雅也が放火殺人犯である孝蔵を両親の元に帰し、その孝蔵が行方不明となった頃。アメリカで危機感を覚えた集団があった。

同じ明晰夢を見る集団である。その集団の中心人物として、映画俳優として有名なバート・タルコットがいた。

ネットを通じて知り合ったクールドリーマーたちが短期間で数を増やし、五〇名ほどになった頃、そのメンバーが行方不明となる事件が頻発したのだ。

バートたち主要メンバーは、誰かが自分たちを狙っていると悟った。緊急の話し合いが行われ、自衛するためには何が最善か検討された。

その結果、真実を公表することが抑止力となると結論した。

ある日、バートが会見を行うとマスコミ各社に通達があり、集まった記者たちの前で、明晰夢と異世界の存在が公表された。

新聞記者の一人が怒ったような表情で、壇上にいるバートへ言葉を投げかけた。

「バートさん、ちょっと待ってください。我々は冗談に付き合うほど暇じゃないんですよ」

「私も冗談を言っているつもりはない。皆さんも信じられないと思う。しかし、異世界の存在は真実であり、我々の精神が異世界の人間と繋がっていることを、今後研究により証明するつもりです」

今度はテレビ局のリポーターが質問した。

「それは、今現在は証明できないと言っているのですか？」

「そうです。ですが、異世界の人間と繋がった我々は、普通の人間と違う能力を得た。それは証明できます」

会場がざわざわと騒がしくなった。

「具体的に何が証明できるというのです？」

バートは数人の男女を壇上に呼んだ。その人々は顔を隠すためにミラー処理が施されたゴーグルをかけていた。また会場がざわつく。

「彼らも異世界の人間と意識が繋がっている仲間です」

彼らを紹介した後、バートは真名と真名術について説明した。

「我々は魔法のような真名術が存在することを証明できる」

リポーターが、

「どうやってです。ここで真名術を使ってみせるというのですか？」

そう挑発的に質問すると、バートが頷いた。バートは一人の男性を指名した。男性はバートと同じ三〇代で、少し太った体形をしている。ゴーグルをかけた男性は、中に水が入ったペットボトルを少し離れた場所に置いた。

「彼……仮にG氏と呼びます。G氏は『冷凍』の真名を持ち、その真名術が使えます」

G氏は水の入ったペットボトルに顔を向け、虚空に手を伸ばした。その手の先にシャボン玉のような透明な球が生まれ、ペットボトルに向けて飛翔する。ペットボトルに命中したシャボン玉は弾けて消えた。その瞬間、ペットボトルの水が凍りつき膨張した。ペットボトルが破裂することはなかったが、変形し膨れ上がった。

G氏が持ってきたペットボトルでは、手品の種が仕込んであるかもしれないと、テレビクルーが持ってきたペットボトルでもう一度繰り返されたが、結果は同じだった。

極めつきは『硬化』の真名を持つB氏だった。『硬化』の真名を使った状態で、テーブルの上に置いた手をハンマーで殴らせる。勢いよく命中したハンマーが跳ね返った。

この日、テレビ中継された会場で、いくつかの真名術が披露された。マスコミの中には手品だと疑う者もいたが、映像は放送され、世界中の人々がクールドリーマーの存在を知った。

そして、世界各国で自分もクールドリーマーであると言い出す者が現れた。

◆◆◇◇◆◆◇◇◆◆

アメリカのクールドリーマーたちが公表したニュースは、翌日には日本のテレビ局でも放送された。雅也と冬彦は、探偵事務所のテレビで見ていた。

最後にクールドリーマーが行方不明になっている事件について、俳優のバートが警告した。何らかの組織が、クールドリーマーを狙っているというのだ。

雅也は厳しい顔をして会見の様子を見ていた。

「これって、映画か何かの宣伝？」

冬彦がテレビを見ながら言った。

「宣伝という感じじゃないな。本気で警告しているようだぞ。それに真名術とやらは本物のように思えた」

「まさか、何かの手品ですよ」

冬彦はクールドリーマーを信じていないようだ。

この時点で、クールドリーマーの存在を信じているのは少数派だった。だが、世界各地でクールドリーマーだという者たちが名乗り出た。

多くは単なる妄想でしかなかったが、本物たちが繰り返し真名術を披露したおかげで、クールドリーマーの存在を信じる者たちが増えた。

そして、大勢が信じるようになったきっかけとなる事件が起こる。

ドイツのブレーメンで起きた銀行強盗。二人組の男が小さな銀行に押し入った、海外なら珍しくもない事件だ。金を奪った強盗犯はバイクで逃げた。ところが、ブレーメンの警察が敷いた検問に引っかかり、警官隊に囲まれてしまう。

場所は古い建物が並ぶ街の一画。バイクで逃げるのを諦めた強盗犯は、拳銃を出して警官と相対した。犯人の一人が拳銃を発砲したことで、取り囲んだ警官九人が一斉に発砲した。

強盗犯が撃った銃弾は警官の肩を掠《かす》めただけだったが、警官たちが発砲した銃弾の多くは、二人の強盗犯へ確実に命中した。三発の銃弾を受けた強盗犯は地面に倒れ、四発の銃弾を受けた強盗犯は後ろに仰《の》け反った。

仰け反った方も倒れると警官たちは思った。だが、その強盗犯は踏ん張り、警官たちに飛びかかる。その拳が警官の肩に減り込んだ。警官は回転しながら宙を飛び、三メートルほど離れた路面に落下した。明らかに人間の常識を超えたパンチ力である。再び警官たちから発砲されるも、強盗犯の身体からは血が出なかった。

呆然とする警官たちを殴り倒し、そのまま強盗犯は逃走した。その後の調査で、強盗犯はクールドリーマーと名乗り出た一人だったと判明した。

この事件は居合わせた野次馬により撮影され、ネット上に拡散された。当然、防弾ベストを着ているという推測もされたが、検証の結果、警官の撃った弾は頭にも命中していることが分かった。

誰もが動画を観て、ハンマーを弾いたB氏を思い出した。

世界中でクールドリーマーの存在について議論され、科学者も研究に乗り出した。有志による実験が行われ、やがて真名術が実在することが証明された。

真名術の存在が証明されると、バートはさらなる対策を打った。ドリーマーギルドの設立である。名乗り出て登録すれば、警護された安全な住居を提供すると約束した。

何故、民間人が設立したギルドに、そんな真似が可能なのか。それはドリーマーギルドがアメリカ政府の支援を受けて設立されたギルドだからだ。政府機関の中にも、密《ひそ》かに真名能力者を集めている裏の組織もあったのだが、表の組織が保護する方向に動いたのだ。

登録して、異世界で起きた出来事を週一回報告すれば、月額一〇〇〇ドルが支払われるという制度も始まり、一気に登録者が増えた。

アメリカはクールドリーマーの存在を把握し、真名術の仕組みを解明したいと動き出した。もちろん、善意のみの行動ではない。真名術に必要な真力の素となる、魔勁素や魔源素。それらに資源としての可能性を期待したのである。

日本もアメリカを真似てドリーマーギルドを設立した。アメリカほど強力な組織ではないが、月額報酬目当てで登録する者も増えた。

日本で設立されたギルドに、雅也は登録しなかった。月額報酬より秘匿《ひとく》することを選んだのだ。雅也の所有する真名は『魔源素』『超音波』『嗅覚』『装甲』『結晶化』『雷撃』『召喚（カーバンクル）』『言霊』である。

その中で『雷撃』『召喚（カーバンクル）』は直接的な武力であり、一般人の武器所持を制限している日本では、世間から危険視される恐れがあると考えた。

政府の動きも不明瞭であるため、しばらくは静観することを選んだ。

探偵稼業を続けながら、雅也はデニスの要望で、椿油を製造する方法を調べた。ネットで調べると、大量に製造するには、圧搾《あっさく》機や粉砕機が必要なことが判明した。

それらの機械を異世界で用意しなければならない。同じようなものも異世界に存在するかもしれないが、それを探して手に入れるより作った方が早そうだと感じた。

そうした機械を製造している会社を調べ、その会社に連絡を取った。雅也が開発途上国への支援のために調査していると言うと、快く協力してくれた。

その会社で古い圧搾機や粉砕機の構造を説明してもらい、設計図のコピーももらった。雅也は構造と設計図を記憶する。記憶した情報はデニスが引き出せるので、それを鍛冶屋や木工職人に伝えれば作り出せるかもしれない。

圧搾機と粉砕機の情報をデニスに渡すことができ、爽やかな気分で朝を迎えた雅也に、神原教授から連絡が入った。新しく手に入れた真名について知りたいと言うのだ。

神原教授が言う新しい真名とは、カーバンクルから手に入れたものである。教授に車で迎えに来てもらい、一緒に採石場跡地へ行く。

「ここなら、誰にも見られずに、真名術を試すことができる」

神原教授が言うには、この場所は大規模な物理実験を行うのに適しており、以前にも来たことがあるらしい。誰もいない採石場跡地は、真名術を試すには絶好の場所であった。

「まず、『雷撃』の真名を使ってみてくれ」

「分かりました。カーバンクルが使う雷撃球を再現します」

雅也は魔源素ボールを真力に変換し、雷撃球を作った。放った雷撃球は大きな岩に向かって飛び、命中し火花を散らした。この真名術は威力を調整できるようだ。

便宜上、ゴルフボール大の魔源素ボールを真力に変換したエネルギーを『1』として、真力の単位とする。

「真力1の雷撃球か。人間に命中すれば気絶させるくらいの威力はあるな」

神原教授の感想である。雅也もそれくらいの威力があると同意した。

「次は『結晶化』の真名だ。どういう真名術があるのかね？」

「それがよく分からないんです」

「手に入れた真名から、知識を得たのだろう？」

雅也は頷いた。だが、『結晶化』の真名が様々なものを結晶化させる力があるのは分かったが、具体的に何を結晶化させるのか分からなかった。

「水ではないのか？」

「氷……試してみましょうか」

結果として、水を氷にすることはできた。ただ予想以上に真力が必要で効率が悪い。

神原教授が考え込んだ後に、こう提案した。

「もしかすると、魔源素を結晶化できるのではないか？」

「魔源素を……ですか」

雅也は周囲から魔源素を集めた。集める範囲は半径八メートルほどに拡大している。それを球状に固め、『結晶化』の真名を使った。

直径二〇センチほどの魔源素ボールが結晶化を始め、全体が収縮し直径三ミリほどの結晶となった。黄色い正一二面体になっている。

「それをもらっていいかね。大学で調べてみたいのだ」

雅也は魔源素結晶を神原教授に渡した。教授は慎重な手付きで魔源素結晶をハンカチで包んでポケットに入れる。

神原教授は満足そうに笑い、帰ろうとする。

「待ってください。『召喚（カーバンクル）』が残っています」

「おっと、そうだった。こいつを調べたくて焦ったようだ」

教授が魔源素結晶を仕舞ったポケットを軽く叩いた。

驚いたことに『召喚（カーバンクル）』が機能した。この世界には魔物はいないので、雅也は召喚の真名だけは使えないのではないかと考えていたのだ。

現れたカーバンクルは、迷宮に現れた魔物とまったく同じものだった。魔物は本能に従い雅也たちを襲おうとした。それを雅也が精神力で止める。

雅也とカーバンクルの間には、一本の制御線が繋がっているようだ。その制御線を通して魔物を操るのだが、正直難しいと雅也は感じた。

神原教授が目を丸くしてカーバンクルを見つめている。雅也はカーバンクルを操るのがきつくなったので、召喚を解除した。カーバンクルは掻き消えた。

「なあ、聖谷君。スライムを召喚する魔物はいないのかね？」

神原教授がスライムを召喚する魔物のことを尋ねたので、雅也は金色のスライムについて書かれた資料のことを思い出す。金スライムは、黒スライムよりも珍しく、探索者の中でも見たことがある者はほとんどいない。だが、資料の中に金スライムがスライムの王だという記述があった。

もしかすると、スライムを召喚する能力を持っているかもしれない。そんなことを雅也が考えていると、教授が声を上げた。

「そろそろ帰ろうではないか」

「ええ」

雅也たちは採石場跡地を後にした。

翌日、雅也が事務所のテレビを見ていると、小雪が出勤してきた。大学に寄ってから来たので、一〇時を少し過ぎている。

「所長は、まだなんですね？」

「冬彦は、親父さんから呼び出されたとメールが来た。物部グループの本社に寄ってから出勤するらしい」

「へえ、もしかしてお見合いとか?」

「それはない。冬彦は今まで来た見合いを全部断ったんで、両親も諦めたようだぞ」

「じゃあ、何でしょう?」

小雪と雑談しながらゆっくりした時間を過ごす。依頼のない時の探偵は、こんなものだ。交代で昼食を食べ、三時頃になった。

依頼を待っていると、雅也のスマホから着信音が響いた。冬彦の父親である貴文からの電話だ。

「聖谷です。お久しぶりです」

電話に出た雅也の顔色が変わった。貴文からもたらされた知らせは、冬彦が行方不明だというものだ。今朝、冬彦を本社に呼び出した貴文は、子会社が所有しているマンションに不審な男たちが出入りするようになったので、正体を確認して欲しいと依頼したらしい。

警察に頼むことも考えたが、大げさにする前に冬彦を使って正体だけでも確認しようと考えたのだと言う。恐らく冬彦を支援するつもりもあり、彼の探偵事務所に仕事を依頼したのだろう。

父親の依頼を受けた冬彦は、そのマンションを下見してから探偵事務所に戻ると言っていたようだ。下見をした後、一度貴文に連絡を入れると言っていた冬彦が、音信不通になった。

それで雅也に連絡してきたようだ。

「分かりました。こちらで冬彦を捜します。そのマンションの場所を教えてください」

マンションの場所を聞いた雅也は、事情を話した後、小雪に頼み事をした。

「済まないけど、車を貸してくれないか？」

小雪は軽のＳＵＶで事務所に通勤している。その車を借りようと雅也は考えた。

「私も行きます。所長が危険な目に遭っていると思うと、ジッとなんかしていられません」

「しかし、危険かもしれないんだぞ」

「マンションには近づきません。その前まで送りますから」

雅也は納得して、小雪の車で出掛けた。


郊外にあるマンションは、商店街からは少し遠く、駅からも距離があった。周りはアパートやマンションが建ち並ぶ住宅街だ。不審な男たちが出入りしているマンションは、少し古い建物である。

マンションの少し手前で車を停め、雅也だけが降りる。ドアを閉める直前、小雪に車から離れないように注意した。

「でも、雅也さんが戻ってこない時は、どうします？」

「一時間待っても戻らない時は警察に連絡して」

そう言って車から離れマンションへ向かう。雅也は『嗅覚』の真名を解放し、冬彦の匂いを捜した。冬彦の使っているヘアワックスの匂いを捉え、追跡を開始する。

冬彦はマンションに入り、エレベーターへ向かったのが匂いで分かった。エレベーターに乗って、四階へ上がる。この四階左端にある部屋が問題となっている部屋だ。

「何だ、これは」

ドアの前に冬彦の匂いと真っ赤な血痕がべったりと残っていた。雅也は緊急事態だと判断し、ドアノブを強く握って引く。ロックされていると予想していたのに、あっさりとドアが開いた。

「冬彦！」

リビングの床に血を流して倒れている冬彦の姿が、雅也の目に飛び込んだ。その周りでは、七人の男たちが冬彦の姿を見下ろしていた。

「貴様らあ――!!」

怒気が身体から溢れ出し、雅也を突き動かした。七人の中に高速で飛び込んだ雅也は、二人の鳩尾《みぞおち》に突きを叩き込み倒す。

「な、何だお前、ブッ」

声を上げた男の顔に、雅也が問答無用で正拳を減り込ませる。その時、背後から椅子を叩き付けられた。雅也の身体が床を転がり、頭を振りながら起き上がる。

「やってくれたな。だけど、おかげで冷静になれた」

雅也はいくつかの真名を解放し、まず装甲膜を展開。周りを見回し四人の男が立っているのを確認した雅也は、宮坂流の構えを取った。

一番右側の男に向かって跳躍し、着地と同時にローキックを叩き込む。壮絶な悲鳴を上げる男。手応えから、男の脚に大ダメージを与えたのが分かった。

「残りは三人」

雅也が冷ややかな声を上げると、男の一人がポケットからフォールディングナイフを取り出し構える。

「ナイフを出せば、何とかなると思っているのか」

一歩踏み込んだ雅也が裏拳でナイフを払った。ナイフの刀身がパキッと折れ飛ぶ。驚く男の顔に雅也のフックが命中。男が回転しながら吹っ飛んだ。

残った二人は同時に逃げ出そうとして、雅也の左右を抜けドアへと走る。その後ろ姿に向けて、雅也は連続で雷撃球を放った。威力を弱めた雷撃球だ。最後の二人は身体を麻痺させ転倒させた。

痙攣しながら白目を剥いている男たち。全員が気絶しているのを確認した雅也は、冬彦の元に駆け寄り生死を確かめた。

「生きてる」

ホッとした雅也は、救急車と警察を呼んだ。しばらくして救急車とパトカーが来て、冬彦を病院に運んで行く。雅也と小雪は警察から事情聴取を受けた。

「聖谷さん、空手か何かをやっているんですか。一人で七人も倒すなんて尋常じゃありませんよ」

刑事に言われた雅也は、返事に困った。


事情聴取を終えた雅也たちは、冬彦が運ばれた病院に向かった。

冬彦は派手に血を流していたが、鈍器で殴られた傷は深くなかったようだ。五日ほどの入院で退院できると医者から言われたらしい。

「先輩、ありがとうございます。僕が生きているのは先輩のおかげです」

ベッドに横たわる冬彦が、大げさに礼を言う。

「お前が血を流して倒れているのを見た時には、慌てたぞ。どうして、あんなことになったんだ?」

「あのマンションの部屋を張り込みしていたら、ちょっと……」

張り込みをしていたら逆に捕まって殴られたらしい。

「何で一人で張り込みなんかしようと思ったんだ。俺を呼べば良かっただろ」

「ちょっと下見するだけのつもりだったんですよ」

冬彦が溜息を吐いた瞬間、顔をしかめた。痛みが走ったようだ。

「連中は何者だったんです？」

「あいつらは、マンションの部屋で危険ドラッグを作っていたらしい」

雅也が倒した七人の男たちは警察に逮捕された。

「仕返しとかされないかな？」

冬彦が心配そうな顔で尋ねた。

「それはないと思うぞ。痛い目に遭わせたのは俺で、お前じゃないからな」

雅也へ仕返しに現れることはあっても、冬彦には手を出さないだろう。自分の前に現れたら、後悔させてやると雅也は告げた。

◆◆◇◇◆◆◇◇◆◆

雅也と小雪が帰った後、冬彦は病院の個室で薬の力を借りて眠った。夜中の二時頃に理由もなく目が覚める。もう一度眠ろうと思ったが、今日の出来事を思い出し、眠れなくなっていた。

「はあっ、何か飲み物でも買いに行こう」

財布を持って冬彦は廊下に出た。薄暗い廊下はシーンとしており、少し不気味な感じがする。ここは八階でエグゼクティブフロアと呼ばれている。要するに金持ちが入院しているフロアで、広さの割に入院している患者の数は少ない。

「幽霊でも出てきそうな感じだな。この雰囲気は苦手だ」

冬彦はブツブツ言いながら自動販売機を探した。廊下の角を左に曲がり、見回すと、トイレの向こうに自動販売機の明かりが見えた。時間が時間なので、周りには誰もいない。

冬彦が自動販売機に小銭を入れミネラルウォーターのボタンを押す。ゴトッという音がしてボトルが出てきた。それを拾い上げ戻ろうとした時、カチャリという音が聞こえた。

「何だ？」

冬彦は音がした方へ向かった。すると、またカチャリという音。冬彦は少し怖かったが、好奇心が勝り音に近付いていく。自動販売機が並んでいるエリアを通り過ぎ、薄暗い廊下を進んで一番奥の部屋へと向かう。

次の曲がり角まで来て、音が大きくなった。近くで音が鳴っているようだ。冬彦は廊下の曲がり角から顔だけ出して覗いた。

「……」

思わず悲鳴を上げそうになって、懸命に堪える。冬彦の視線の先に人間の骸骨《がいこつ》がいた。学校の保健室や理科室にあるような等身大の骸骨だ。

その骸骨が、廊下をカチャリカチャリと音を鳴らしながら歩いている。冬彦の心臓はバクバクと高鳴り、腰から力が抜けて座り込みそうになった。冬彦は精一杯の気力を絞り出し、回れ右をして忍び足で戻り始めた。

気づかれたらダメだという考えが頭の中で駆け巡る。何度も振り返りながら懸命に足を動かし、ようやく自分の病室に辿り着いた後、冬彦はベッドに潜り込んで震えていた。

「じょ、冗談じゃないぞ。こんな病院にいられるか」

冬彦は転院することに決めた。

◆◆◇◇◆◆◇◇◆◆

翌朝、冬彦は雅也に連絡を取った。転院の手続きを取ってもらうためである。

「一体どうしたんだ？」

朝早くから病院に呼ばれた雅也は、具合が悪くなったのかと心配して声をかけた。冬彦は転院するから手続きをしてくれと頼んだ。

「何でだよ。入院したばかりじゃないか？」

「この病院はダメだ」

雅也は冬彦が怯えているのを感じて、事情を聞き出した。冬彦が夜中に骸骨を見たことを知り、考え込んだ。幽霊を見たというのなら、こういう場所だからありそうだとは思う。だが、骸骨はちょっと違うのではないか。

「その骸骨、見てみたいな」

冬彦が愕然とした顔をする。雅也が骸骨を見たがったのに驚いているらしい。

「嘘だろ。骸骨だよ」

「病院に出る骸骨にちょっと興味が湧いただけだ」

「先輩がホラー好きだったとは知らなかった」

「ホラー好きじゃないぞ。その骸骨が気になるだけだ」

冬彦が頭を振り、理解できないという顔をする。

雅也は看護師や入院患者から聞き込みを始めた。骸骨を見たという入院患者や看護師は誰もいなかった。情報を集めた雅也は、冬彦の病室に戻る。

「他の入院患者や看護師に確認したけど、誰も見た者はいなかったぞ」

「そんなぁ〜、あれは本物の骸骨でした」

「でもなぁ……。痩せ細った入院患者がいたから、それと見間違えたんじゃないのか？」

「そんな馬鹿な。絶対に骸骨でした！」

「そこまで言うなら、俺が今夜ここに泊まって確認してやる。よろしくな」

冬彦が情けない顔で溜息を吐いた。本当は転院したかったのだろう。

探偵事務所に戻った雅也は、小雪に事情を話して、今夜は冬彦の病室に泊まることになったと伝えた。

「へぇー、骸骨ですか。もしかして、コスプレじゃないですか。黒い全身タイツの上に骸骨が描かれているやつ」

「そうかもしれないな。だけど、本物だったら……」

雅也はデニスが調べた魔物の中に、スケルトンと呼ばれる種族がいるのを思い出していた。冬彦が見たものが魔物だった場合、雅也以外にも魔物を召喚できる者がいることになる。

事務所で時間を潰した後、病院に向かった。病院では冬彦が不安な顔で雅也を待っていた。

「先輩、看護師さんに聞いたら、このフロアに入院した患者の半分くらいが、変な音を聞いたらしいじゃないですか」

「へぇ、そうなんだ」

「やっぱり、あの骸骨は本物だったんですよ」

「それを今夜確かめるんだ。お前も付き合え」

「やだよ！」

「正体を確かめれば安心だろ」

「何が安心なのか分からないけど。正体を確かめて、本物の骸骨だったら最悪ですよ」

雅也は冬彦を説得し、一緒に正体を確かめることを承知させた。

午前二時になるまで冬彦の病室で待って、二人は昨夜の目撃場所へ向かった。すると、今夜もカチャリという音が聞こえてきた。

冬彦が青い顔で、廊下の奥を指さす。雅也は音のする方へ進み始めた。次第に音が大きくなり、すぐ近くに何かがいる気配を感じた。雅也は曲がり角から顔だけ出して覗き見た。薄暗い廊下に一体のスケルトンが立っている。黒いタイツに骸骨が描かれているようなコスプレではなく、本物の骸骨だ。骨と骨の隙間から向こう側の壁やドアが見えるのだから、間違いない。

スケルトンは何か踊っているような動作を繰り返していた。雅也が顔を引っ込めると、交代で冬彦が顔を出す。そして、スケルトンの姿を見て這うように逃げ出した。

冬彦が自動販売機のところまで戻ったので、雅也も追いかける。

「や、やっぱり本物だった」

「あれはスケルトンだな。しかし、何を踊っていたんだ？」

「マイケルのスリラーじゃないの」

「あれはスケルトンじゃなくて、ゾンビだろ」

雅也は踊っているスケルトンの動きに見覚えがあった。それを確かめるために、もう一度見に行くことにした。ただ、冬彦は断固として同行を拒否した。仕方なく、雅也は一人で確かめに向かう。

曲がり角から覗くと、変わらずスケルトンが不気味な動きで踊っていた。

雅也がカーバンクルを召喚し制御しようとした時に、カーバンクルが見せた動きに似ていた。同じことを誰かがしているのだとすれば、この病院に真名能力者がいてスケルトンを召喚し制御しようとしている可能性が高い。

しばらく眺めていると、スケルトンが転倒した。何とか起き上がろうとするスケルトンと目が合い、雅也の背中に悪寒が走る。スケルトンには眼球はないが、こちらを見た気がしたのだ。

「気づかれたか」

起き上がったスケルトンが向かってくる。雅也は『装甲』と『雷撃』の真名を解放し、装甲膜を展開。雷撃球を放つ準備を始めた。スケルトンがカチャッカチャッと耳障りな音を立てながら近付き、骨だけの右手を振り上げた。雅也は雷撃球を放とうとした。

その瞬間、スケルトンの動きが止まる。そして、足先から粉々に砕け消えた。

「えっ、何が……」

一瞬何が起きたのか分からずに混乱する。

だが、頭が回るようになると分かった。召喚者が真名術を解除したのだ。謎の真名能力者は、人に危害を加えるつもりはないのだろう。ただ、何故病院で、という疑問は残る。病院は召喚した魔物の制御訓練を行うには不適切な場所であるからだ。

翌日、真名能力者が入院中の患者ではないかという予測の下に、エグゼクティブフロアに入院している患者の身元を調査した。病院で魔物を召喚したという点から、病院から出られない者が召喚したと考えられる。

入院患者の中で疑わしい人物が浮かび上がった。数日前から入院している村上杏奈《むらかみあんな》という女性である。神社へ通じる石段の上から落ちた杏奈は、脳を損傷するも、手術により一命を取り留めた。

しかし、手術後に杏奈の意識が戻ることはなかった。雅也は看護に来ている家族の姿がない時に病室に入った。二〇代前半くらいの女性がベッドに横たわっている。

「まるで眠り姫だな」

杏奈は有名な読者モデルで、ネット上に情報が溢れていた。村上杏奈の公称によれば、年齢は二八歳のはずである。だが、ベッドに横たわっている杏奈は、実年齢より若く見えた。

「そこで何をしているの？」

雅也の背後から声がかかった。雅也が振り返ると、杏奈の母親らしい女性が立っていた。雅也は頭を下げ挨拶をした。

「杏奈さんのお母さんですか？」

「そうです。あなた、見覚えがないわ。娘の見舞いじゃなさそうね」

その女性が雅也を見る目には、犯罪者じゃないのかという疑念が含まれていた。雅也は誤解を解くべく説明を始めた。

「俺は八号室に入院している物部の友人です。友人が変なものを見たと言うので調べていたんです」

彼女の顔に影が差した。何か思い当たることがあるのだろう。雅也は自己紹介をして身元を証明する。杏奈の母親の智子《ともこ》は弁護士をやっているそうだ。

「ところで、そのご友人は何を見たと言うのです？」

「異世界でスケルトンと呼ばれる魔物です。娘さんが召喚したのではないですか？」

突飛な話であるのに母親は狼狽《ろうばい》した様子を見せたので、雅也は宥めるように話を続けた。

「心配要りません。俺も真名能力者です。真名術の中に召喚があることは知っています」

「そ、そうですか。だったら、相談に乗ってもらえませんか？」

雅也は承知した。智子の話によると、杏奈は自分を守るためにスケルトンを召喚したのかもしれないということだった。

「階段から落ちたのは、事件だったんですか？」

「警察からは、事故だと言われました。ですが、この病室を見張っている男を見たんです。ただの事故ではなかったのかもしれません」

雅也は智子と話し合い、少しの間杏奈を警護することになった。病室を監視している男の姿をはっきり見たと彼女が告げたからだ。

智子が警察に連絡しなかったのは、杏奈がスケルトンを召喚したからだろうと、雅也は確信した。

その日の夜、雅也は杏奈の病室に盗聴マイクを仕掛けて、冬彦の病室で待機していた。智子は雅也に任せて帰宅しているので、杏奈一人が病室にいる。

午前零時を過ぎた頃、盗聴マイクの受信機から廊下を歩く足音が聞こえた。雅也は冬彦の病室を出て、杏奈の病室へと向かう。雅也が杏奈の病室近くまで来た時、ドアを開く音が聞こえた。

『杏奈、君が悪いんだぞ。僕から逃げようとしたから、こんな怪我をするんだ』

受信機から男の声が聞こえた。雅也は用意してきた特殊警棒を持って病室に飛び込んだ。そこにはナイフを振り上げた襲撃者が、目を見開いて前方を見ている。

襲撃者の目線の先には、スケルトンが召喚されようとしていた。襲撃者はスケルトンの眼窩《がんか》に向かってナイフを突き出した。スケルトンは骨だけの手で事もなげにナイフを受け止めた。

「ひぃいいーっ！」

悲鳴を上げた襲撃者がナイフを放して逃げようとする。当然、後ろにいた雅也と衝突する形となった。雅也は手加減しながら警棒を襲撃者の頭に打ち込んだ。

襲撃者は痛そうに頭を押さえ、それでも部屋から逃げようとする。その目は狂気に染まっていた。

「邪魔だ、どけぇ――――！」

雅也は無表情のまま、襲撃者の股間を蹴り上げた。崩れ落ちる襲撃者の背後には、スケルトンの姿がある。スケルトンは倒れた襲撃者に噛み付こうとした。

「やめろ！」

雅也は警棒でスケルトンを殴り付けた。だが、警棒の打撃くらいではダメージを与えられない。スケルトンは本能に従い、雅也を敵として認識し襲いかかった。

スケルトンの骨と警棒による打ち合いになった。スケルトンの骨は硬く、警棒が曲がるほどだ。

雅也は少しずつ後退し廊下に出た。

雅也を追ってスケルトンも廊下に出てくる。スケルトンが腕を振り上げ、雅也の頭に打ち下ろした。雅也は警棒で受け止めるが、その瞬間、警棒が折れた。

「うわっ、こいつは事務所の備品なんだぞ」

そう抗議しても、スケルトンが謝るわけもなく、なおも歯を鳴らしながら噛み付こうとする。足捌きと身体の捻りで躱し、スケルトンの頭を上から叩く。その頭を脇に抱え込んだ雅也は、スケルトンの腰骨を抱えて持ち上げた。

逆立ちするように持ち上がったスケルトンの頭を、自分の体重もプラスして床に叩き付けた。ちょうど垂直落下式ブレーンバスターのような技が決まった。

頭蓋骨が割れたスケルトンは塵となって消える。その時、コトリと音がしてウズラの卵のようなものが廊下を転がった。

「ふうっ、これはドロップアイテムなのか？」

雅也はそれを拾い上げ、まじまじと見た。デニスが調べた資料では、スケルトンが落とすドロップアイテムは骨だったはずだ。雅也は正体不明の拾得物をポケットに仕舞う。

病室に戻って襲撃者を拘束し、警察に連絡した。

雅也が捕まえた襲撃者は、杏奈のストーカーだったようだ。杏奈に邪険にされ、カッとなって突き飛ばし階段から落としたらしい。事件は解決し、犯人は逮捕された。

だが、杏奈の意識と身体は切り離されたままだ。脳の損傷が完全に治癒していないらしい。彼女が起き上がれるようになるには、何か特別なきっかけが必要なようだった。

◆◆◇◇◆◆◇◇◆◆

雅也がカーバンクルから得た真名を採石場跡地で試してから数日経った頃、異世界のデニスがベネショフ領で朝を迎えていた。

影の森迷宮でドライアドを倒し、その実を手に入れたデニスは、イェルクの病気が治るのを見届けた後、エグモントと一緒にベネショフに戻った。エリーゼとアメリア、マーゴ、エルマは、祖父が完全に回復するまでクリュフで看護すると決めたようだ。

休む暇も惜しんだデニスは、ベネショフに戻ってすぐにディルクとフランツを屋敷に呼び、協力して圧搾機と粉砕機を作るように頼んだ。

サンジュは、既に大きな実をつけていた。その実を収穫し、油を抽出する準備を始めなければならない。デニスはサンジュ林を調査し、どれほどの労働力が必要か見積もるところから始めた。作業には、従士であるカルロスにも手伝ってもらう。

カルロスはエグモントの幼馴染《なじ》みであり、長年ベネショフ領を支えてきた貴重な人材だ。数字にも強く人使いも上手いので、エグモントは頼りにしていた。

サンジュ林に来たカルロスは、辺りを見回して確認した。

「本当に、この実から油が取れるんですか？」

「間違いない。問題はどれだけサンジュの実を集められるかだ」

椿の実もそうだが、サンジュの実を集めるのは大変な作業である。とはいえ、手間賃を払わなければならないので、無制限に人を集めることもできない。

サンジュ林は、デニスが思っていた以上に広い。多くの実が採れると確信があった。

「ところで、油はどれほどの値段で売れるのでしょう？」

カルロスの質問に、デニスはカスパルから仕入れた情報を思い出す。

「今年は油根《ゆこん》が不作だったと聞いている。例年より高くなると思うよ」

油根とは落花生のような実をつける植物である。庶民が使う油は、その実から造られたものだ。

カスパルから聞いた話を基に計算すると、一リットルが銀貨四枚になるようだ。

サンジュ油製造の準備をしたり、フィーネたちと迷宮に行ったりする日々が過ぎ、サンジュの実を収穫する日が来た。

収穫のために集めた人数は五〇人ほど。それぞれがカゴを持ち、散らばってサンジュの種子を拾い始めた。サンジュの実は熟すと、種子だけがポロリと地面に落ちる。

サンジュの実の収穫と言われている作業の半分ほどは、その落ちている種子を拾う作業になる。

とはいえ、全部の種子が落ちているわけではないので、棒で枝についている実を落とす係の者もいる。

その収穫の作業には、フィーネとヤスミンも参加していた。

「デニス様、頑張っていっぱい採りますね」

「俺も頑張るぞ」

二人は張り切っているようだ。デニスが留守にしていた間、二人は岩山迷宮の一階層と二階層でスライムと毒コウモリを相手に戦った。

デニスが一階層と二階層だけなら二人で探索してもいいと許可していたのだ。採掘した亜鉛やスズは雑貨屋に売り、小遣いを稼いだらしい。

その日、大量の種子が収穫された。殻が付いているものは種子だけを取り出して選別する。虫食いのものは除いて、状態の良いものだけを残す。

サンジュの実の収穫は一日では終わらない。翌日も収穫作業を続けてもらっている間に、デニスは搾油の準備を始めた。

ディルクとフランツは、頼んだ圧搾機と粉砕機を完成させてくれた。ほとんどの部品は鉄の鋳造《ちゅうぞう》品だが、ところどころに木材が使われている。

種子を乾燥させた後、サンジュの実を蒸し器で蒸し、一日放置して冷ましておいた物を粉砕機で粉々にして、圧搾機で圧力をかけ油を絞り出す。

用意した桶にサンジュ油が溜まり、それを一度煮沸《しゃふつ》してから、紙を使って濾過する。出来上がった油は黄金色をした綺麗なものだった。

油壺《あぶらつぼ》に入れられたサンジュ油は、屋敷の蔵に仕舞われた。それらの作業が同時並行で続けられ、蔵の中に油壺が増えていく。蔵の中が油壺で満杯になった。

雑貨屋のカスパルを呼んで、これらの油がどれほどで売れるのか見積もらせた。

「例年ならば、王都に持っていけば金貨二五〇枚、クリュフだと金貨二〇〇枚というところでしょうか」

それを聞いたエグモントが目を見開いた。

「素晴らしい。これでヴィクトール準男爵から借りた金が返せる」

そんな時、バラス領のヴィクトール準男爵から使者が来た。使者マヌエルは卑屈な笑いを浮かべる、タヌキ顔の男である。

「ヴィクトール様からの通達である」

その通達とは、来年から借金の利子を倍にするという一方的なものだった。

「そんな勝手な」

エグモントが抗議した。

だが、マヌエルは冷たくあしらった。

「それが不服と言うのなら、今年中に借金の全てを返済せよとのことでございます」

怒ったエグモントが鬼のような顔になっている。

「父上、落ち着いてください。我が家の蔵を思い出してください」

「そ、そうだった」

マヌエルは、デニスの言葉でエグモントが落ち着いたのを不審に思ったが、通達の続きを述べ始めた。

「ヴィクトール様も、ベネショフ領の内情はご存じであります。そこで、ある条件を呑めば、利子を倍にすることは取りやめるとのことです」

冷静になったエグモントが、条件について確認した。

「貴領の中央にあるサンジュ林を、一〇〇年間借り受けることが条件でございます」

「それは無償でということか？」

「左様でございます。ご返事は一〇日後にヴィクトール様が訪問され聞かれるそうです」

「承知したと、ヴィクトール殿に伝えてくれ」

マヌエルが去ると、エグモントがデニスを連れて蔵へ向かった。蔵に入り、中に置かれている油壺を確かめる。

「これを至急売らねばならん。カスパルを呼べ」

デニスがカスパルを呼んでくると、三人で話し合いが行われた。売る場所はクリュフに決まった。大勢の男たちが雇われ、荷車に油壺を載せてクリュフに運ばせた。

クリュフではカスパルが油問屋と交渉を行い、金貨二三一枚で売った。サンジュ油は品質が良く、油問屋《どんや》は少し高くとも買うと読んだカスパルの交渉力が光った。

「坊っちゃん、いや、デニス様。どこでサンジュ油の作り方を覚えたのです？」

「僕には、友人が一人いてね。その友人が教えてくれたんだ」

「ほう、それは羨ましい」

デニスとカスパルは、一緒にベネショフへ戻りながら話した。

「私はね。デニス様が後継者になったことを喜んでいるんですよ」

「何故だ。ゲラルト兄上は王立ゼルマン学院を優秀な成績で卒業され、武術もかなりの腕前だ。良い領主になったと思うけど」

カスパルが首を振った。

「ゲラルト様は、ずーっとエグモント様が援助されていたので、お金の大切さを理解しておられない。それに比べ、デニス様は私どものような零細商人からも値切ろうとなさる。立派なものです」

その言葉に棘があるのに気づいたデニスが顔をしかめた。

「それは油の交渉も上手くいったのだから、手間賃を上乗せしろということか？」

「さすが、デニス様でございます」

デニスは苦笑して、手間賃に金貨一枚を上乗せすることを約束した。

デニスたちの背後には、サンジュ油を積んできた荷車が運ばれていた。その荷車は空荷ではなく、カスパルがクリュフで買い込んだ荷物が載せられている。

「しかし、買いすぎじゃないのか？」

「いえ、今なら売れると思います」

「何故……あっ、もしかして、サンジュ油を作った時に皆に払った手間賃か？」

「左様です。庶民は現金があると何かと買いたがるものです」

荷車にはカスパルが買い込んだ生活用品や小麦粉、糸や布切れなどが積まれていた。それらと一緒に、デニスが買った酒と砂糖、チーズ、胡椒も載せている。

デニスは油造りを手伝ってくれた者たちを集めて、酒やお菓子を振る舞おうと考えていた。

「しかし、砂糖を使った菓子など贅沢ではないですか？」

「一年に一度くらいはいいだろ」

ベネショフ領に戻り、エグモントに金貨を渡した。借金の元本と利息分である。エグモントはその金貨を見て、改めてサンジュ林の価値を認識したようだった。

「これだけの利益が挙がるサンジュ林を、利息代わりに借りようと考えたヴィクトールの奴は、とんでもないな」

「でも、あの林を欲しがったということは、油の作り方を知っているということです。油断ならないと思いますよ」

　デニスの意見を聞いて、エグモントも頷いた。

　デニスがサンジュ油を売ってから数日が経過した。その日、バラス領からヴィクトール準男爵が馬車で訪れた。準男爵にしては、不釣り合いなほど豪華な馬車である。

　バラス領とベネショフ領の間を流れるユサラ川には橋が架けられていない。ここに馬車で現れたということは、馬車や馬も渡せるような大型の渡し船をヴィクトールが用意したということだ。

　バラス領とベネショフ領の間は、あまり人の行き来がない。小さな渡し船で十分なはず。そこに大型の渡し船を用意するのは、必要になったからだと推測できる。

　やはり、ブリオネス家からサンジュ林を借地として取り上げ、サンジュ油を作ろうとしている、としか思えない。かなり以前から計画していたのだろう。

　馬車からヴィクトールが降りてきた。丸顔に薄笑いを浮かべて屋敷の前に立ったヴィクトールは、エグモントへ見下すような視線を向けた。

　エグモントはヴィクトールを応接室に案内した。ヴィクトールは護衛兵二人を連れて応接室に入る。そこでデニスとエグモントが相手をした。

「エグモント殿、心は決まったのか」

　エグモントがヴィクトールを睨む。

「既に決まっている」

「ならば、書面を用意した。署名してくれ」

ヴィクトールはサンジュ林を借り受ける書面を取り出してエグモントに渡す。受け取ったエグモントは、ヴィクトールをひと睨みして、ビリビリと破いて捨てた。

「何をする！」

ヴィクトールが大声を出した。背後に立っていた護衛兵が剣の柄に手をかける。デニスは二人の護衛兵を睨んだ。その眼差《まなざ》しには威圧するような力が含まれており、護衛兵が気圧《けお》されたように動きを止める。

「こんな契約をするつもりはない」

エグモントが告げた。

「ならば、利息が二倍になってもいいのだな」

「それも断る」

ヴィクトールが目を怒らせ立ち上がった。

「どういうつもりだ？」

「決まっているだろ。借金は全額返す」

エグモントが金貨の入った袋をテーブルの上に置いた。

ヴィクトールが袋の中身を見て、金貨の枚数をチェックした。

「た、確かに」

「では、借用書を返してくれ」

ヴィクトールは借用書をエグモントへ渡した。その顔は不機嫌なものへ変わっている。

「どうやって金を用意した？」

「サンジュの実から、油を作った。高く売れたよ。ところで、どの辺の土地を借りたいと言っていたのだったかな」

ヴィクトールが顔を赤くしている。怒りを堪えている顔だ。

目を吊り上げたヴィクトールが、バラス領に帰っていった。

「デニス、お前は領主に向いているのかもしれないな」

エグモントの言葉に、デニスは首を傾げた。デニス自身は領主に向いていると思っていなかったからだ。

「そういえば、母上たちはいつ帰ってくるのですか？」

「今日手紙が来た。明後日戻るそうだ」

◆◆◇◇◆◆◇◇◆◆

バラス領に戻ったヴィクトールは、自身の執務室で金貨の入った袋を睨みつけていた。

「何故、こんなことに」

そこにベネショフへ使者として出向いた従士マヌエルが入ってきた。

「ベネショフの奴らは騙されたとも知らずに、署名しましたか？」

ヴィクトールが手に持っていた金貨の袋を床に投げ捨てた。金属と金属がぶつかる音が響き、袋からこぼれ出た金貨が床に散らばる。マヌエルは、ヴィクトールの突然の行動に驚いた。

「ど、どうされたのです？」

「エグモントの奴が、借金全額を返しおった」

「まさか、ベネショフ領の財政状態で、返せるはずが」

「サンジュ油だ。奴らはサンジュの実を搾って油を作り、金にしたのだ」

マヌエルは驚いた。ヴィクトールは、サンジュ油の作り方を西方のヌオラ共和国から、金貨一〇〇枚を支払って手に入れた。それが昨年のことだったからだ。

ゼルマン王国では、今は失われたオルベネショフ家だけが、その知識を持っていた。バラス領主は薄々気づいていたが、細かいノウハウや大量生産の方法が分からなかった。そこでヌオラ共和国からノウハウを買ったのだ。

それなのに肝心のサンジュ林が手に入らなかった。

「エグモントめ、どうしてくれよう」

どうやってベネショフ領を苦しめてやろうか、とヴィクトールは考え始めた。

◆◆◇◇◆◆◇◇◆◆

ヴィクトール準男爵に借金を返した翌々日、母親のエリーゼと妹たちが屋敷に戻った。

デニスはエルマたち使用人に手伝ってもらいながら、サンジュ油の製造を手伝った人たちをねぎらう慰労会の準備を始めた。

最初に始めたのは、ライ麦パンの改良である。デニスは雅也が日本で食べた料理の味を間接的に知っている。それに比べると、ベネショフの料理が不味いことに不満を抱いていた。

その筆頭がライ麦パンである。何故不味いのか、理由は分かっている。まずライ麦の粉に砂や籾《もみ》殻などのゴミが混じっているのだ。

アメリアとフィーネ、ヤスミンに手伝わせ、ゴミを取り除いたライ麦粉を完成させた。目の細かいふるいでゴミを取り除くと、綺麗なライ麦粉になった。

「デニス様、ライ麦粉が少なくなりましたけど、いいんですか？」

ヤスミンが質問した。今ゴミとして取り除いた麦の表皮部分は、ふすまと呼ばれている。多くの食物繊維やミネラルを含んでいるので健康には良い。

だが、町で使われている石臼では細かくならず、パンにした時に舌触りが悪くなるようだ。そこで加工は諦め、取り除くことにした。

こうしたふすまは嵩《かさ》増しになるので、日常で食するパンでは意図的に入れている場合がある。貧しい人々の知恵だ。

「いいんだ。今回は美味しいパンを食べたいから」

数日前から用意していたサワー種を持ってくる。これは普通の天然酵母ではなく、ライ麦粉とぬるま湯を等量混ぜて放置し、自然発酵させて作ったものだ。サワー種はイースト菌の代わりとなる。発酵させたものが果物のような香りになったら完成だ。

サワー種とライ麦粉、お湯、塩をこねてパン生地を作り、丸めて発酵させる。一次発酵が終わったら、一人分になるようにパン生地を分けて、ガス抜きをしてから形を整える。形は簡単なロールパンである。

二次発酵してから、エルマにパン窯で焼いてもらった。焼き上がった頃、エリーゼが厨房に来た。

「あらっ、美味しそうな匂いね。デニスが作っているの？　珍しいわね」

焼き上がったものを試食してみる。普段のものより酸っぱいが、断然こちらが美味しい。デニスが美味しそうに食べるのを見て、アメリアが手を出した。

一口食べると笑顔になった。

「美味しい」

「本当かしら？」

エリーゼもパンを一つ取り上げ、千切って口に運ぶ。すると目を見開き、まじまじとロールパンを見た。

「何で、こんなに美味しいの」

デニスはフィーネとヤスミン、エルマにも試食してもらった。フィーネは跳び上がって喜び、ヤスミンはどういう風に作るのか尋ねた。二人とも気に入ったようだ。

ロールパンの他にも砂糖をまぶした揚げパン、チーズと胡椒を練り込んだチーズペッパーパンも作って好評を得た。

揚げパンは子供たちや女性に人気で、チーズペッパーパンはエグモントなどの男性に人気だった。

慰労会の日、漁師から仕入れた魚を焼き、野菜スープと各種パンで領民をもてなした。もちろん、男たちには酒が振る舞われる。小さな祭りのような慰労会だ。

長く苦しい日々が続いたので、人々は心の底から笑った。男たちは大いに飲み、女性や子供たちは美味しいものを食べた。

この中の何人かは、エグモントが使用人として雇うことになっている。サンジュ林には、まだ拾われていない種子が残っている。その残った種子を拾う作業と、拾った種子から油を作るという作業をやってもらうためだ。

種子が拾えなくなったら、サンジュ林の手入れをしてもらうことになる。下草を刈り、邪魔な雑木《ぞうき》を切り倒すのだ。一夜の宴《うたげ》は、盛況のまま終わった。


慰労会が終わり、普段の日々が戻った。デニスはアメリアたちを鍛えることを再開する。翌朝、三人にどんな迷宮探索者になりたいか確かめた。

フィーネは剣士になりたいらしい。ヤスミンは真名術をたくさん覚えて支援要員に、アメリアはデニスのような戦士になりたいと言う。

フィーネとヤスミンは希望を叶《かな》えてやれそうだが、アメリアには少しばかり困った。デニスとアメリアでは体格が違う。小柄なアメリアは、剣より薙刀のようなものを武器にした方が良いと思っていた。

そのことをアメリアに話す。

「ナギナタって、どんな武器なの?」

「そうだな。剣に長い柄が付いている武器だよ」

「槍とは違うの?」

「槍は突くための武器だけど、薙刀は斬るための武器なんだ」

デニスは地面に絵を描いて説明した。

「でも、こんなに柄が長いと使い難《にく》いと思う」

迷宮には狭い場所もあるので、長柄の得物は不向きなのだ。そこを考慮して柄を短くすると、薙刀というより長巻のような武器になる。

長巻は日本刀の柄の部分を、刀身と同じほどの長さにした武器である。非力な者でも重い刀を振り回せるという利点がある。

デニスが長巻の説明をすると、フィーネたちまで興味を示した。

「じゃあ、ディルクに試作してもらおう」

デニスはディルクに説明して、長巻を作ってもらうことにした。ただ、ディルクに刀を作る技術はない。刀身の部分は、両刃のショートソードのようなものになるだろう。

武器の製作を依頼してから迷宮へ向かう。迷宮の一階層にある小ドーム空間からスライムを一掃した。

「デニス兄さん、今日からは何をするの？」

「アメリアたちには、『雷撃』の真名を手に入れてもらう」

アメリアたちが首を傾げる。『雷撃』の真名が得られるカーバンクルは、五階層にいる魔物だからだろう。

「カーバンクルの王様のような奴を倒して、『召喚（カーバンクル）』の真名を手に入れた。ここでカーバンクルの召喚ができるんだ」

「すご～い」「さすが、デニス様」「いいぞ、大将」

最後に言ったフィーネは、ヤスミンからどつかれた。

「でも、召喚したカーバンクルは味方じゃないのですか？」

ヤスミンは魔物でも味方を攻撃するのに抵抗があるようだ。

「心配しなくてもいい。僕が召喚しても、魔物は魔物だ。こちらで制御しなければ襲ってくる」

「そうなんですか。だったら頑張ります」

ヤスミンが納得したところで、デニスはカーバンクルの召喚を始めた。召喚したカーバンクルが姿を現わすと、アメリアたちの戦いが始まる。

デニスはカーバンクルの雷撃球攻撃だけをやめさせるように制御した。さすがに雷撃球攻撃を使われたら、三人では太刀打ちできなかったからだ。

アメリアたちは、ネイルロッドでカーバンクルをボコボコにした。

一匹倒すと次のカーバンクルを召喚する。その繰り返しで一日が終わった。アメリアが『結晶化』の真名を手に入れたが、肝心の『雷撃』は誰も手に入れられなかった。

一日置いて二日め。フィーネが『雷撃』の真名を手に入れた。三日めにアメリアとヤスミンが手に入れる。そして、四日めからは雷撃球の真名術を使う訓練が始まった。

アメリアたちが雷撃球攻撃を習得するのに一〇日が必要だった。デニスも雷撃球攻撃の訓練に参加。デニスは雷撃球の威力を自在に変えられたが、アメリアたちは変えられないようだ。

真力の素が魔源素か魔勁素かで何かが変わるのだろう。アメリアたちが放つ雷撃球は、真力3の雷撃球と同等の威力があるようだ。

その頃にアメリアたちの武器が完成した。長巻なのだが、少し変わっている。刀身が刀ではなく両刃の剣であり、柄の部分が槍の柄に近い。

突きには便利だが、斬る場合は刃の向きが分からなくなる。そこで柄の先端二〇センチほどを刀の柄のような形状にした。

「これが長巻なんですか」

デニスの精神に潜んでいる雅也が、こんなのは長巻じゃないと訴えた。だが、結局これが長巻として定着してしまった。

アメリアたちは、雷撃球攻撃と長巻により三階層の赤目狼を撃破して、『嗅覚』の真名を手に入れた。そして、四階層の鎧トカゲに戦いを挑んだ。

雷撃球の一斉攻撃で鎧トカゲを弱らせ、その弱点である喉を突き刺して仕留めるという戦術を編み出すまでは、散々苦戦した。だが、一ヶ月で『装甲』を手に入れ、五階層へ進むことができた。

『装甲』を手に入れたアメリアたちにとって、五階層は簡単だった。

当面の目標である五階層をアメリアたちが攻略したことで、迷宮探索者を育成するノウハウが手に入った。デニスは、エグモントと相談し従士を中心にベネショフ領の兵士を鍛え直すことにした。

ベネショフ領にも従士や兵士が存在する。しかし、今のベネショフには剣を持った人間など存在しないように見える。耕作地の拡大を優先したエグモントが、兵士たちに開墾作業をさせているからだ。

開墾作業に従事している従士は四人、兵士は三五人である。エグモントは開墾作業を中止させ、デニスの指示に従うように命じた。

デニスは従士と兵士を屋敷の庭に集めた。その先頭にはデニスとカルロスが立っている。カルロスは兵士たちが不満そうな顔をしているのに気づいた。

「どうした。何故不満そうな顔をしている？」

兵士の中で一番年長のロルフが代表して口を開いた。

「ここ数年、俺たちは困難な開墾作業に従事してきました。それなのに、この前の慰労会に俺たちは参加させてもらえませんでした」

カルロスが呆れたような顔をする。

「馬鹿もん、そんなことでへそを曲げるな」

一喝されても不満そうな兵士たちを見て、デニスが前に出た。

「酒が飲みたいなら、一ヶ月の訓練期間が終わった後に、たっぷりと飲ませてやる」

「俺たちは酒が飲みたいと、文句を言っているわけじゃないんです。ただ数日手伝っただけの連中に慰労会を開くのなら、俺たちのことも考えて欲しかっただけです」

デニスは兵士たちの心にストレスが溜まっていることに気づいた。開墾作業の苦労をねぎらうため、訓練を開始する前に、一度慰労会を開くことにした。

慰労会には従士と兵士の家族も招いた。一晩騒いだ兵士たちは、少しいい顔になったようだ。

その日から、訓練が始まった。兵士たちが『魔勁素』『装甲』『雷撃』の三つの真名を手に入れることを目標に訓練をする。

その訓練を、アメリアたちに手伝ってもらう。命がけの訓練なので、兵士の中には怯えたり不満を口にする者も現れた。

だが、アメリアたちが淡々と魔物を倒すのを見て、何も言えなくなる。こんな少女たちにできることが、自分たちにできないとは言えない。

予定通り一ヶ月で従士と兵士は、三つの真名を手に入れた。訓練が終わった兵士たちには、たらふく酒を飲ませねぎらう。

訓練が終わり、兵士たちが鍛え直されたのは喜ばしいのだが、兵士たちの中にアメリアたちを神聖視する者が現れたのは計算外だった。しかも彼女たちの武器である長巻に興味を示し、同じものを鍛冶屋に注文する者も現れた。

エグモントとデニスが兵士の訓練を急がせたのには理由がある。王都近くにあるダリウス領で内戦が起こった。ダリウス領の領主一族であるウルダリウス家の兄弟が次期領主の座を巡って戦ったのだ。

戦いは長男ハーゲンの勝利に終わったのだが、負けた次男ダミアンが敗残兵を率いて野盗になった。厄介な状況である。即座に、国王はウルダリウス公爵に討伐を命じた。

その命を受けた公爵は、ハーゲンに討伐軍を編成させ、野盗がアジトにしたミロス山に向かわせた。しかし、アジトはもぬけの殻。既にダミアンたちは、街道沿いの村や町を荒らしつつ、西へと逃げた後だったという。

ダミアンたちは『ダミアン匪賊《ひぞく》団』を名乗り、略奪の限りを続けているという知らせが、各地の領主の耳に入った。ベネショフ領から遠くない、ミンメイ領にダミアン匪賊団が出没したという情報が、デニスたちの元にも舞い込んだ。

◆◆◇◇◆◆◇◇◆◆

その頃、バラス領の従士マヌエルは部下二人と一緒に、ダミアン匪賊団が隠れていると噂のある山間を探索していた。

突然、マヌエルの前に薄汚れた男たちが現れた。その男たちは剣をマヌエルに突きつける。

「何者だ？」

マヌエルは男たちを値踏みするように見てから、

「ダミアン匪賊団の方ですか。頼みたいことがあって捜していた者です」

臆することなくそう言ってのけた。

◆◆◇◇◆◆◇◇◆◆

クールドリーマーの存在が公表され、数ヶ月が経過していた。雅也は探偵事務所の部屋で起きて朝食を済ませると、周囲の魔源素を掻き集め、魔源素結晶を作り出す。

この作業は朝の日課となっていた。この魔源素結晶は、神原教授が研究用に欲しがっているものだ。教授は研究所を立ち上げ、魔源素についての研究を始めていた。

その研究により、魔源素が人間の強い意志に反応すると分かった。但し、人間は意思を体外に向けて発信する能力が発達していない。

『魔源素』の真名には、その能力をアシストする機能も備わっているようだ。また、魔源素が音波にも反応することが判明した。ただ、意志の場合と比べ、音波には決められた単純な反応しか返さない。

人間の意志はあやふやなもので、体調や気分に左右される。しかし、音波に対する魔源素の反応は確実だ。神原教授は、クラシック音楽を聴いていた時に、魔源素結晶が光るのを見て反応に気づいた。ある旋律をピアノが奏でた時の反応から、魔源素結晶の特性に気づいた神原教授は、研究を論文にして発表した。

魔源素が存在することを証明したかった教授による、フライングぎみの公表である。

学会からは、デタラメだと批判されたらしい。そこで魔源素結晶を研究機関に配り、検証させた。

しばらくして魔源素結晶が未知の物質であり、論文通りの反応を示すことが実証された。

大学や民間を問わず、検証した研究者たちが騒ぎ始めた。それが広がり、政府の研究機関も魔源素結晶の研究に乗り出す。そして、神原教授がどうやって魔源素結晶を手に入れているのかが問題になった。


ある日、政府の研究機関に所属する役人を名乗る男が、教授の研究所を訪れた。

「教授、あの魔源素結晶について、入手経路を詳しく教えて欲しいのですが？」

「それは企業秘密です。教えることはできません」

役人はそう言われることを予測していたかのように頷いた。

「でしたら、他の誰かから入手したのか、この研究所で製造したかだけでも教えて頂けませんか？」

教授は他の者から入手した、と言おうとして、雅也に迷惑がかかるかもしれないと気づいた。

「研究所で実験的に試作したものだ」

「素晴らしい。ならば、定期的に手に入れることが可能なのですね」

話が意外な方向へ進み始めたので、教授は慌てた。

「いや、まだ実験的に製造しているもので、定期的にと言われても困る。それに魔源素結晶は希少なものだ。検証用には無料で配ったが、これ以上は無理だ」

「それは承知しています。我々も正当な値段で購入しようと考えています。いくらで売って頂けますか？」

「すぐには返答できない。考える時間をくれ」

「承知しました。では後日伺います」


神原教授は、その日のうちに雅也に連絡した。探偵の業務が終わってから教授宅を訪れた雅也は、事情を聞いた。

「教授、魔源素結晶を配ったのはまずかったんじゃないですか」

「すまん。デタラメだと言う者がおったので、証明したかったのだ」

神原教授は研究者としての評価は高かったが、研究馬鹿と呼ばれることもある人物だった。研究以外のことは、あまり真剣に考えないのだ。

「どうするつもりなんです？」

「聖谷君は、自分の設計事務所を立ち上げたいと言っていただろ。その資金を稼ぐチャンスだ」

「ですが、魔源素結晶を売れば、どうやって作っているか調べられますよ」

「今更だね。研究結果を発表した時点で、怪しい連中から詳しく知りたいと連絡があったよ」

「危険じゃないんですか？」

「堂々としておればいいのだ。もし、ちょっかいを出す者がいれば、返り討ちにすればいい。法を犯しているのは相手なのだから」

神原教授には堂々としろと言われたが、雅也は不安だった。その数日後、教授から会社を作るという連絡が入った。

それは魔源素結晶の製造販売会社である。代表取締役兼研究部門の長が神原教授で、会社の収益源である魔源素結晶を作る雅也は筆頭大株主となった。

神原教授の研究所は、新しい会社に吸収されたという形になる。株は雅也が九割、教授が一割という配分だ。雅也には文句がなかった。

その代わり一日三個の魔源素結晶を作って、教授か小雪に渡すのがノルマとなった。会社は魔源素結晶一個を五〇万円で売る予定のようだ。

未知の物質とはいえ、直径三ミリの結晶である。雅也には高いのか安いのか判断できなかった。

神原教授は、これで研究費の心配をする必要がなくなったと喜んでいる。

神原教授によると、この価格にしたのは、研究用の需要が満たされるまでに稼いでおこうという作戦らしい。教授は高いと思っているのが分かった。

雅也にしても、自身の設計事務所と、デニスからの要望を叶えるための資金が欲しかったので文句はない。デニスは領地経営に手助けとなる知識を欲しており、それらはネットで調べれば分かる場合もあるが、書物を購入、専門家を雇うなどしないと分からないものもある。いずれにせよ、資金は必要だった。

「雅也さん、夕食はうちで食べていってください」

小雪が雅也に声をかけた。小雪の母親は既に亡くなっており、家事は小雪が全てやっている。

「それじゃあ、遠慮なく」

神原家の夕食は生姜《しょうが》焼きと味噌汁だった。

「美味しい。小雪さんはいい奥さんになるよ」

「雅也さんに褒められてもね」

「何だ。俺じゃ不足なの。イケメン以外はＮＧとか」

「そうじゃないけど、雅也さんと付き合うと漏れなく冬彦所長が付いてきそうで」

そんな風に思われていたのかと雅也は溜息を吐いた。

「冬彦は、基本的にはいい奴だ」

「時々うざいと思う時があるのよ」

冬彦は物部グループの御曹司《おんぞうし》であり、女性に対して自信過剰な面がある。女性は誰でも自分に気があると考えているようなのだ。

それが言動や行動に影響し、女性から嫌われる原因になっている。未《いま》だに独身なのも、そんな理由が大部分を占めている。

楽しい時間を過ごした雅也は、教授たちに挨拶して神原邸を出た。駅の方向に向かって歩いていると、駅前付近の道路で何やら騒ぎが起きていた。

興味を向けた瞬間、甲高い女性の悲鳴が聞こえてきた。雅也は声のした方向に向かった。人通りの多い繁華街で、サラリーマンらしき男が路上に倒れていた。男の腹から流れ出る真っ赤な血が、雅也の目に飛び込んだ。周りを見回すと信じられない存在がそこにいた。

雅也は目を擦って、もう一度確認した。

「信じられない。こんな都会にイノシシだと」

体重が七〇キロはありそうなイノシシが、駅前の道路で暴れていた。よく観察すると、ただのイノシシではない。牙が黒く長い、異様な風貌をしていた。

雅也の、正確にはデニスの記憶の中に同じような特徴を持つ魔物の記録があった。それは、影の森迷宮に棲息する魔物である。

「まさか……ファングボアが？」

雅也は倒れている男のところに駆け寄って抱え上げ、ファングボアから離れた場所まで運んだ。その間にファングボアが停車しているタクシーに体当りした。タクシーのドアがベコリとへこむ。後部座席に乗っていた女性と子供が悲鳴を上げた。運転手は突然現れたファングボアに驚き、急ブレーキを踏んだのだろう。道路に対して斜めに停車している。運転手は逃げ出し、乗客だけが取り残されていた。

雅也は武器になるものを探した。コンビニの店先に小さな箒《ほうき》が置いてあるのを見つける。掃除中にファングボアが現れ、投げ捨てたまま店に逃げ込んだのだろう。

雅也は箒を拾い上げ、震粒刃を形成する。

「軽い。……頼りない武器だな」

タクシーは左側のドアをファングボアに潰されている。反対のドアは後続車が押さえてしまっており、乗客は逃げ出せない状態になっている。

パトカーが到着し、拳銃を持った背の高い警官と太った警官がファングボアの前に降りた。

「嘘だろ。こんなところにイノシシ……」

「気を付けろ。イノシシに大怪我を負わされた奴は多いそうだぞ」

警官が到着したので、安心したのだろうか。遠くからこわごわと覗いていた野次馬が近寄ってきた。

「危ないから近づかないで」

警官が大声で警告を発した。その声で、ファングボアが警官の存在に気づく。

ファングボアが太った警官の方に突進する。雅也は大声を上げた。

「銃を撃て！」

警官は発砲するか迷っているようだ。迷っている間にファングボアと警官が交差した。長い牙が太った警官の太腿を抉り、かち上げる。

警官は宙を回転して、顔面からアスファルトに落ちた。周囲の騒ぐ声が消え、道路には静かに赤い血が広がっていく。それを見ていた野次馬が一拍置いてから悲鳴を上げた。

残った背の高い警官が銃を構え、懸命に狙いを付けようとする。ファングボアが盛大に鼻息を荒くして、ブルッと身震いした。

その時、銃声が響き渡った。銃弾はファングボアの肩に命中。ファングボアは痛みを感じたようだ。だが、大きなダメージは与えられなかったようで、敵と認識した警官に向かって叫び声を上げた。

警官が銃の引き金を続けざまに引いた。銃弾は全てファングボアから逸れてしまう。その隙を突き、ファングボアが警官目掛けて突進した。

警官なら何とかしてくれるんじゃないかと期待していた雅也は、舌打ちしてから走り出した。間合いに入った雅也は震粒刃をファングボアの頭に叩き込んだ。

ファングボアの頭が抉れると同時に、武器にしていた箒が粉々に砕けた。ファングボアは一歩二歩と進み、ガクッと膝を突いた。

雅也は飛びのいて、油断なくファングボアを睨む。次の瞬間、迷宮の魔物と同じように粉々に砕け塵となって消えた。それを見た野次馬たちが、声を失う。

「やはり、異世界の魔物だったのか。……だが、何故」

思い当たる節がないわけではない。召喚系の真名術を使えば、日本にファングボアを喚《よ》び出せる。

ファングボアを倒した雅也は、逃げるように立ち去った。事務所に戻ってシャワーを浴び、ベッドに横になった時、これで騒動は終わったと考えた。


だが、世の中甘くはなかった。防犯カメラに雅也がファングボアを倒した様子が記録されていた。それを分析した警察は、映像から雅也個人を特定したのだ。

事務所を訪れた二人の刑事は、冬彦に警察手帳を見せた。

「聖谷雅也さんに話があって来ました」

冬彦は雅也の方に顔を向けた。

「先輩、何をやったんです。痴漢《ちかん》ですか？」

「どういう意味だ。俺が痴漢をするような人間に見えるのか」

「いえ……でも、人間誰しも出来心とか、魔が差すということがあります」

「チッ、後でとことん話し合うからな」

雅也は刑事たちに顔を向ける。

「それで刑事さん、何のご用でしょうか？」

刑事たちから会わせたい人物がいると言われ、雅也は同行した。連れていかれたのは、ドリーマーギルドの支部だった。

雅也は、自分がクールドリーマーだとバレたと分かった。刑事が会わせたいと言った人物は、ギルドの設立と運営を支援するために作られた内閣府の部署を統括する人物らしい。

「特殊人材活用課の黒部《くろべ》です」

黒部は四〇代前半、ちょっと疲れた感じがする人物だった。

「聖谷さん、これを見て頂けませんか」

黒部が見せたのは、ファングボアと雅也が戦っている様子を撮影したものだった。

「このイノシシを倒したのが、聖谷さんだというのは分かっています。問題はプラスチック製の箒で、どうやってイノシシを倒したかです」

「警官が命中させた銃弾が効いたんじゃないですか？」

「その可能性がまったくないとは言いませんが、動画を見る限り可能性は低いでしょう」

黒部が雅也に鋭い視線を向け、淡々とした口調で告げた。

「あなたは魔源素を研究されている神原氏と親しいようですね。色々と調査した結果、あなたがクールドリーマーであり、真名能力者であると判断しました」

嫌な展開になったと雅也は思った。その時、神原教授の言葉を思い出す。堂々としていればいいという言葉だ。

「そうだ。俺はクールドリーマーだ。それがどうした」

雅也は隠し立てせず、堂々と開き直ることにした。

「何故ギルドに登録しないのです？」

「登録は義務じゃない。そうだろう？」

「ええ、義務ではありません。ですが、政府はクールドリーマーの存在を把握したいと考えています。ご協力をお願いします」

「国の政策に逆らってもメリットはない。ギルドには登録する。だが、人体実験や変な調査には協力しないぞ」

ギルドに登録すると、調査という名目で細胞レベルで身体を調べられるとか、真名術の調査に長時間付き合わされるという噂が流れていた。

「ありがとうございます。ところで、あなたはどんな真名を持っているのです？」

「直球で聞くんですね」

「腹の探り合いは、時間の無駄です」

「『超音波』ですよ」

黒部が首を傾げた。

「『超音波』……。他にも同じ真名を持つ真名能力者がいます。ですが、その真名が武器になるとは知りませんでした」

「使い方次第ですよ。ノウハウは秘密です」

「なるほど。他の真名は？」

「他は、スライムを倒して手に入れたものだけです」

黒部が雅也の目を見つめた。

「黒部さん……そんなに見つめても、恋は芽生えませんよ」

その言葉で疲れた顔をした役人が笑った。

「愉快な人だ。ところで、あなたが倒したイノシシは、何故消えたのです？」

「分かりません。ただ同じように消える存在は知っています」

「ほう、お聞きしてもいいですか？」

「迷宮にいる魔物です」

黒部が顔をしかめた。だが、それほど驚いた様子はない。ある程度予想していたのだろう。

「魔物の種類は分かりますか？」

「本で読んだことがあるだけですが、ファングボアだと思います」

「迷宮の魔物が、どうやって日本に現れたのか。知っていますか？」

「いえ、分かりません」

「推測でも構いませんよ」

「真名には、魔物を召喚する効果のものがあります。『召喚（ファングボア）』の真名を持つ真名能力者がいるのかもしれません」

黒部が深刻な顔で考え込む。黒部が考えている間、ギルドの事務員のような人が来て、登録をした。

「聖谷さん、今後真名能力者に関わる事件が発生した時、アドバイザーとして協力してもらえませんか？」

雅也は考えてから口を開いた。

「俺は探偵なんで、その業務の一環としてなら引き受けます」

要するに、無料じゃ嫌だと言ってみた。

「いいでしょう」

日本政府は真実を知らずに、頼りになる真名能力者をアドバイザーとして確保した。

◆◆◇◇◆◆◇◇◆◆

その翌日、今度は別の街にファングボアが出現した。駅前に現れたファングボアは、一〇〇キロはありそうな大物だ。

駅に向かおうとした人々は、ファングボアの姿を見てギョッとした。

「何あれ？」

「イノシシ……デカイな」

人々はファングボアがどれほど危険な存在か、知らなかった。ファングボアを遠巻きに囲み、何が起きるか待つ。それはテレビの前で楽しいショウが起きるのを待つような、シリアスとは程遠い空気だった。

高校生らしい集団が、笑いながら仲間たちと話している。

「あのイノシシ、どこから来たんだ？」

「イノシシがいるような山は、何キロも離れているはずだぞ」

「動物園に運ぶ途中で、逃げ出したとかじゃねぇ」

誰かが駅員に通報したのだろう。二人の駅員が駅ビルから下りてきた。

「本当に、イノシシだ。警察に連絡しろ」

駅員はイノシシから離れるようにと、警告を叫んだ。その警告を無視して。高校生の一人が缶ジュースの空き缶をファングボアに投げた。

空き缶はファングボアの頭に命中。ファングボアが鼻息を荒くして高校生を睨んだ。

「おいおい、マジになるなよ」

周りで見ていた人々は、その高校生がアホだと確信した。

ファングボアは高校生に向けて突進した。その高校生は驚愕を顔に貼り付けたまま、凍りついたように動けない。

「おい、逃げろ！」

駅員が大声で叫んだ。高校生の周りから人が逃げ出した。立ち尽くす高校生の腹に、ファングボアの牙が突き刺さる。血が飛び散った。

「ひいっ、た、助けて」

刺された高校生が道路に膝を突く。その首を、頭を振ったファングボアの牙が抉る。盛大に血が吹き出した。見守っていた人々が悲鳴を上げた。

ファングボアは道路に倒れた高校生の腹に齧《かじ》り付いた。服を噛み破り、その肉体を食べ始める。

「駅員、何とかしろ！」

「無理です！　警察はまだか！」

あまりに凄惨な光景を見て、気分が悪くなる者が続出した。その時、ファングボアに変化が起きた。呼吸が速くなり、全身が痙攣するように震えている。

短い剛毛が生えていた背中に、硬い鱗のようなものが浮かび上がる。人肉を食べた魔物が進化したのだ。ファングボアから上位種であるアーマードボアへの進化であった。

駅の隣にある雑居ビルから様子を見ていた男が、舌打ちをする。

「何だこりゃ。予想外すぎるぞ」

そこにパトカーとテレビ局の中継車が同時に到着。警官たちが拳銃を持ってアーマードボアの前に飛び出した。

「拳銃発砲許可が出ているんだ。容赦するな」

「はい」

警官はアーマードボアに狙いを定めると発砲した。銃弾が巨体の鱗に当たって跳ね返る。

「えっ」

銃が効かないことに焦った警官が後退しながら、二発、三発めを撃つ。やはり銃弾が跳ね返された。警官の額から汗が噴き出した。

中継車のディレクターがカメラマンに叫ぶ。

「おい、今のちゃんと撮っただろうな」

「バッチリです」

「いいぞ、あの化け物をアップだ」

◆◆◇◇◆◆◇◇◆◆

ファングボアが進化した頃、雅也は事務所で、冬彦に自分がクールドリーマーであることを打ち明けていた。政府関係者に気づかれた以上、冬彦に隠し通すことは難しい。そこでクールドリーマーだと告げ、政府からアドバイザーとして仕事が来るかもしれないと伝えた。

「もっと早くクールドリーマーだと教えてくれれば、事務所の宣伝に使えたのに」

「だから、教えなかったんだ」

そんなやり取りの最中、黒部から連絡が来た。ファングボアに似た魔物が駅で暴れているらしいと聞き、雅也は急いで向かった。だが面倒なことに、冬彦も一緒に付いてきたがった。

車の中で、向かっている先の状況を話した。冬彦は驚いたが、面白そうだと喜んだ。

「それで、依頼の内容はどんな？」

「魔物の正体を確認してくれという依頼だ」

「へえ、どんな魔物？」

「イノシシの化け物だ」

「ふうーん、イノシシか。ぼたん鍋って、美味しいんだよなあ」

「食う気かよ。相手は魔物だぞ」

駅前に通じる道路は渋滞を起こしていた。車ではこの先に進めない。車を駐車場に入れ、徒歩で向かうことにした。雅也の手には、宮坂流の鍛錬で使っている棒が握られている。

冬彦は紙袋を提げていた。何が入っているか気になったが、時間がない。急いで現場まで行った。

現場には既に黒部が待っていた。

「所長さんも来られたのですか？」

「どうしても付いていくとゴネるんで、仕方なく連れてきました」

「これも事務所への依頼ですから」

得意げな冬彦は放っておいて、雅也は魔物に目を向けた。

「ん、ファングボアじゃないんだ」

「ええ、元は以前に現れたものと酷似していたんですが、あそこに倒れている少年を食べてから変化したようなのです」

雅也は迷宮の魔物が人間を食べて進化することがあると知っていた。本から得た知識だが、人間の中に流れる魔剄素を吸収し、変化するらしい。

「特徴から推理すると、アーマードボアですね」

雅也はアーマードボアの特徴や弱点を、黒部に伝えた。アーマードボアの弱点は後ろ足の付け根にある。そこを強力な銃で撃てば倒せるはずだ。

そのアーマードボアが、取り囲んでいる警官に向かって突進する。地球に棲息するイノシシの速度は、時速五〇キロほどにも達するというが、アーマードボアの突進は軽く五〇キロを超えていた。

一歩ごとに加速するような走りで、その加速度は異常である。アーマードボアは警官を撥ね飛ばし、パトカーに激突した。

パトカーがトラックと衝突したかのように宙に舞う。凄まじい音がしてパトカーが落下し、警官たちが逃げ出すように下がり始めた。

中継車ではディレクターの真木《まき》が固唾《かたず》を呑んで、警官隊と化け物の戦いを見ていた。

「おいおい、警察は無力なのか？」

「何でも、象撃ち銃を用意するみたいですよ」

普通の銃やライフルでは、アーマードボアは倒せなかった。そこで象撃ち銃を用意することに決めたらしい。

「おい、変な奴が飛び出してきたぞ」

真木がカメラマンに指示を出した。カメラを向けた先、飛び出してきたのは、斧《おの》を手に持った男だった。三〇代前半といった感じで、がっしりした体格をしている。自信たっぷりな様子で大きな斧を振り上げた。

「化け物め、私が退治してやる!!」

男は叫んでアーマードボアに突進した。

男は魔物と戦い始めた。その戦いぶりは様になっている。

「あの男、どこかで見たような気がする」

冬彦が声を上げた。

「依頼人の一人か？」

「いや、テレビで見たような……」

黒部の目が光った。

「あれは、動画配信者の稲本《いなもと》氏ですね。ギルドに登録されています」

雅也は戦い方に注目した。魔物との戦いに慣れているようだ。異世界では迷宮探索者でもしているのかもしれない。

「ん？　……何であの男、斧なんか持っていたんだ？」

「どこかで買ったんじゃないですか」

冬彦が指さしたビルは、大工道具も売っているようなホームセンターが入っている。

稲本は『剛力』と『頑強』の真名を持っているようだ。その二つだと正確に確信できたわけではないが、戦いぶりから見当をつけた。

見た目にも重い大きな斧を振り回したり、何度かアーマードボアの突進で撥ね飛ばされても起き上がれる真名は、そんなところだろうと推測する。

「まだまだ」

先程から有効打を与えられていないのだが、口だけは達者なようだ。

その身体からは大量の血が流れていた。必死の形相でボアの突進を躱し、斧を叩き付ける。稲本はアーマードボアの弱点を知らないらしい。

アーマードボアが何度目かの突進を敢行。稲本は避けようとして、自分の血で足を滑らせ体勢を崩した。そこにボアの突撃が命中する。

稲本の身体がコマのように回転しながら宙を飛び、頭から着地。ブレイクダンスのように回転してから、バタリと倒れた。

「……こういうのって、配信者独特のギャグなのかな？」

冬彦が的外れなことを言う。

「そんなわけないだろ。真面目にやられたんだよ」

「真面目にって……助けないでいいんですか？」

「あれが女の子だったら無条件で助けに出るんだけどな。……それに、今回の依頼は、魔物の確認だけだから」

黒部が咳《せき》払いをして二人の注目を集めた。

「可能なら、彼の救助をお願いできますか。依頼料は増額します」

「先輩、大丈夫ですか？」

「まあ、何とかなるだろう」

「よし、これを着けて」

冬彦が紙袋から、ゴーグルを取り出した。ミラー処理を施した大型のものである。クールドリーマーの存在が明かされた会見に集まった者たちを思い出し、雅也は顔をしかめた。

「顔バレするよりマシか」

雅也は渋々ゴーグルを着用した。

そうこうしているうちに、アーマードボアが稲本にとどめを刺そうとしていた。雅也は棒を手に駆け出す。それを見た中継車の真木が、新たに現れた男をアップにするように指示を出す。

「ゴーグル。あの人、クールドリーマーか」

「真木さん、あいつの武器は棒みたいですよ」

「マジか、正気じゃないぞ」

雅也は棒を上段に構えた。その棒の先端には震粒刃が形成されている。

上段の構えのまま駆けるのと同時に、アーマードボアが突進する。雅也は宮坂流の足捌きで、突進を躱し、交差の瞬間に脳天に震粒ブレードを振り下ろした。

震粒刃が脳天に命中し、超音波の振動がチェーンソーのように硬い鱗を削る。斧ではダメージを与えられなかったのに、アーマードボアの脳天に一筋の傷ができた。震粒刃の威力は『剛力』プラス斧より上のようだ。

アーマードボアは自分の弱点を分かっているようで、後ろ足の付け根を攻撃する隙を雅也に与えようとしなかった。何度か突進を躱し、カウンターで攻撃を入れるが致命傷には程遠い。

雅也がアーマードボアの相手をしている間に、負傷者を警官が運び出した。

「もういいぞ。君も逃げろ！」

黒部の叫びが響いた。

できるなら、雅也も逃げたかった。だが、アーマードボアが許してくれない。雅也は新しい真名を試そうと考えた。ドライアドから手に入れた『言霊』の真名である。この真名は言葉に感情や意志を込めることで、その言葉を聞いた者に影響を与えるという力を持っていた。

『言霊』として使用する上で最も強力な影響力を持つ言葉は、やはり真名であるらしい。しかし、人間には真名を言葉として発音する能力がない。妥協の産物として、普段使っている言語に感情や意志を込めて発することで、影響力を行使するしかなかった。雅也は『言霊』の真名を解放し、意志を込めた言葉を放った。

「『動くな』」

その言葉を聞いたアーマードボアばかりではなく、黒部や冬彦、中継車の真木なども動きを止める。言葉が心に突き刺さり、動けなくなったのだ。

魔物が静止していた時間は、三秒ほどだっただろう。雅也は、三秒でアーマードボアに接近し、震粒刃を後ろ足の付け根に叩き込んだ。

アーマードボアの脚の一本が斬り飛ばされ、宙を飛ぶ。その後は簡単だった。

中継車の真木は、謎のクールドリーマーが化け物を倒すのを見ていた。ただの棒で化け物が斬り刻まれ動きを止めた時、その巨体が塵となって消えた。

そして、消えた瞬間にアーマードボアの牙と皮がドロップアイテムとして現れた。それだけではない。雅也の頭に、新たな真名が飛び込む。『加速』の真名である。

雅也はドロップアイテムを拾い上げ立ち去った。


雅也とアーマードボアとの戦いを撮影していた中継車の真木たちは、雅也が野次馬たちに紛れて消えたのを必死で追ったが、見失った。

「何者だったんだ」

カメラマンが呟いた。真木は腕を組んで首を傾げる。

「警察と協力しているように見えたし、ギルドの切り札じゃないか」

雅也が冬彦の車のある駐車場まで戻ると、冬彦から連絡が入ったので、駐車場に戻るように指示した。

「駐車場に戻った。お前も来い」

しばらくして冬彦と黒部が現れる。黒部が心配そうな顔と声音で言った。

「怪我はありませんか？」

「大丈夫です」

冬彦が興奮したように、大きな声で褒めた。

「凄かったですよ。僕も宮坂流をもう一度やろうかな」

たぶん、口だけである。冬彦には根性が欠けているのだ。

黒部が雅也に顔を向け、

「ところで、アーマードボアを倒した場所で、何か拾いましたよね」

と問いかけた。隠し立てをする意味もないので、雅也は素直に答える。

「ああ、ドロップアイテムが出たんだ」

「何ですか、それは？」

雅也はドロップアイテムの皮と牙を黒部と冬彦に見せた。

「これは魔物の一部が残ったものですか？」

「まあ、そうです」

「研究用として、我々に譲ってもらえませんか？」

雅也が図々《ずうずう》しいなという目で、黒部を見た。

「もちろん、お支払いはきちんとしますよ」

「神原教授も調べたいだろうから、相談してからでいいか？」

「ええ、構いませんよ」

ちなみにファングボアを召喚したのは稲本だと分かった。駅前の雑居ビルを調査した警察が、稲本が設置したいくつかのカメラを発見したのだ。

稲本は自分でファングボアを召喚し、それを倒す様子をネットにアップして人気を得ようとしていたのだが、アーマードボアに進化したことで計画が破綻したようだ。

稲本の身柄を拘束した警察や検察は、どんな法律で裁けばいいか、困惑しているらしいということを後日、黒部から聞かされた。

◆◆◇◇◆◆◇◇◆◆

ワシントンDCのホワイトハウスでは、リッカートン大統領がブランドン上級顧問と一緒にモニターを見ていた。アーマードボアが日本で暴れている映像である。

「最初の真名能力者は、どんな真名を持っているか分かるかね？」

大統領がブランドン上級顧問に尋ねた。

「分析官によれば、『剛力』と『頑強』だということです」

「ふむ、ありきたりだな」

「それが……まだ未確認なのですが、ファングボアを召喚する真名も持っているのでは、と」

「本当か。ならば、その魔物を見たい。日本と交渉してくれ」

「承知しました」

モニターでは雅也とアーマードボアが戦い始めていた。モニターに目を移した大統領が、雅也を指して言った。

「この真名能力者の持っている真名は？」

「分析官にも分からないそうです」

「ふむ。調査の続行を」

モニターに雅也がドロップアイテムを拾う場面が出た。

「あれは何だ？」

「魔物を倒した時、低い確率で手に入るものです。俗に、ドロップアイテムと呼ばれているとか」

「どれぐらいの確率だ？」

「一〇〇匹倒して、一回という確率だそうです」

「日本にあるドロップアイテムも手に入れろ。我が国でも研究したい」

大統領の命令は絶対だった。雅也が手に入れたドロップアイテムは三分割され、神原教授、日本、アメリカで分析されることになる。

雅也にとって幸運なことに、アメリカが交渉に参加したことで、ドロップアイテムの値段が吊り上がった。数百万から数千万だと思っていた価格が、日本とアメリカを合わせて二億六千万円になったのだ。

第五章：ベネショフの誇り

雅也が億単位の大金を手に入れた頃。異世界ではデニスたちが、ダミアン匪賊団への対策を練っていた。

その一つは、兵士たちへのさらなる訓練である。午前中は迷宮で鎧トカゲや赤目狼と戦い、午後からは弓の訓練を命じた。

兵士全員が雷撃球を使えるのだが、雷撃球は射程が短い。それを弓でカバーしようと考えていた。

もう一つの対策は、従士のゲレオンとイザークを、ダミアン匪賊団の動きを調べさせるために偵察に派遣したことである。

ゲレオンは四〇歳ほどのベテランで、イザークは二〇代の若者である。何事にも慎重なゲレオンと行動力のあるイザークは、いいコンビだった。

二人はダミアン匪賊団が最後に襲ったと聞いているミンメイ領のトクル村に向かった。トクル村に到着した二人は、その惨状を見て怒りと嫌悪を抱いた。

老若男女の見境なしに、村人の半分が殺されたようだ。村の中心部に火を点けられ、無残な焼け跡だけが残っている。家族を失った村人には、悲しみのあまり後追い自殺をする者まで出ているらしい。

「酷すぎます」

「ああ、こんなのは人間のやることじゃねえ」

ゲレオンとイザークは、町から派遣された兵士たちにダミアン匪賊団の行方を聞いた。

「この村を襲った後、行方をくらましている」

「バラス領に入ったはずなのだが、あの領地で村が襲われたという情報は入っていない。どこかの山にでも隠れて時期を窺《うかが》っているのでは、と我らは思っている」

二人はできるだけ情報を集め、ベネショフ領に戻った。領主の屋敷に到着すると、デニスとエグモントに報告した。

「よりにもよって、バラス領に隠れるとは……。あの領では十分に調べられない」

バラス領の支配一族であるブラバラス家は、ベネショフ領に敵意を持っている。

オルベネショフ家がベネショフ領を支配していた時代、バラス領はベネショフ領の影響下にあり、ブラバラス家当主はオルベネショフ家当主の弟分として扱われていたらしい。

時代が変わり、ブリオネス家がベネショフ領を支配するようになっても、弟分として扱われていた屈辱を忘れないブラバラス家は、ベネショフ領を滅ぼすか支配したいと思っているようだ。

その根底にはベネショフ領に対する恐怖があるのでは、とデニスは思っている。ベネショフ領が復興し発展した場合、またバラス領が下に置かれるのではないかという恐怖だ。

「父上、どうしますか？」

屋敷の執務室で、デニスがエグモントに尋ねた。

「ダミアン匪賊団は、バラス領で英気を養った後、バラス領かベネショフ領を襲うだろう。それに備えて警戒するしかない」

「連中が次に動き出すのは、いつ頃だと思います？」

「ずっと戦い続けた奴らだ。肉体も精神も疲弊しているはず。一〇日以上は動かないだろう」

　エグモントの答えを聞いて、デニスは考えた。

「問題はダミアン匪賊団が休養を取り始めて何日めか分からないということ。ユサラ川を見張らせるしかないな」

「いいだろう」

　エグモントは兵士に交代で川を見張るように指示を出した。

　その指示を出した三日後、カルロスと兵士たちがバラス領の船が一斉に上流へ向かったのを発見。カルロスはエグモントに使者を送って報告し、残りの部下を率いて船を追った。

　使者から不審な船が上流に向かったという知らせを受けたエグモントは、デニスに確認するように命じた。

　デニスはカルロスたちと合流し、対岸の船の動きを見張る。

「デニス様、バラス領はダミアン匪賊団に力を貸しているのでしょうか？」

「おそらくな。馬鹿な奴らだ。もし陛下に知られた時に受ける罰の重さを分かっていない」

「奴ら、遠い王都の陛下への恐怖より、近くにいるベネショフ領の存在が我慢できんのですよ」

　カルロスの言葉は真実だろう。ベネショフ領としては迷惑この上ない。どうやってダミアン匪賊団を殲滅《せんめつ》するか、デニスは考えた。

「こちら側で、船を隠せる場所は？」

「下流に砂溜まりがあります。そこなら船を隠せますよ」

　高い確率で砂溜まりに上陸するだろうと、デニスたちは予想した。だが、ベネショフ領の戦力は少ない。万一の場合を考慮して半分の戦力をベネショフの町に置いておく必要がある。

使える戦力は半分の一七人。偵察でダミアン匪賊団は三〇人ほどだと調べがついている。


デニスとカルロスは、交代でユサラ川の対岸を見張ることにした。その夜はカルロスの当番で、一七人の部下と一緒に川を見張っていた。

「静かな夜だな。逢瀬《おうせ》にはピッタリだ」

カルロスが部下の一人であるロルフに言った。ロルフは新しく作った長巻を抱え川を睨んでいたが、カルロスの言葉に呆れたように首を振った。

「そんなロマンチックな気分じゃないですよ。それよりダミアン匪賊団は、元公爵家の兵士だったんでしょ。精鋭兵士だったってことですよね」

「まあな。確実に真名の一つや二つは持っているだろう」

「俺たちより強いということですか？」

「デニス様のおかげで、私たちも真名を持っている。奇襲することができれば、負けないはずだ」

「でも、俺らが持っている『魔勁素』『装甲』『雷撃』だけで大丈夫なんですか？」

カルロスがロルフに視線を向けた。

「お前、ブルっているのか？」

「ち、違いますよ。俺たち真名を持っている敵と戦った経験がないじゃないですか」

「仲間内で模擬戦をやっただろ」

「実戦は違うんじゃないですか？」

「そうだな。だが、私たちは領民を守るために戦うんだ。お前もミンメイ領の村がどういう目に遭ったか聞いただろ。ここは目一杯の勇気を出せ」

「分かりました」

見張っていた兵士の一人が声を上げた。

「従士長、敵に動きがあります」

カルロスが対岸を見ると、いくつかの明かりが見えた。敵が船に乗り込んでいるようだ。

「砂溜まりに移動する。打ち合わせ通り、敵が上陸したら雷撃球の一斉攻撃だ」

兵士たちは音を立てないよう移動を開始する。カルロスは兵士たちを砂溜まりを囲むように配置した。松明らしい明かりが、ゆらゆらと揺れながら近付いてくる。

「バラス領の奴ら、どういうつもりなんですかね？」

「ふん、知らんよ。俺たちと戦いたくなかったんだろ」

「でも、食料と武器を用意したのは普通じゃねえ。ベネショフ領に恨みでもあるんじゃないか」

カルロスは川から聞こえる敵の声を聞いていた。

（バラス領の連中、ダミアン匪賊団に手を貸していたのか）

「静かにしろ。ここは敵地なのだぞ」

首領であるダミアンが、叱責の声を上げた。匪賊団の面々は、元は公爵家の兵士であり規律正しい者たちだったのかもしれないが、野盗に身を落としてからは団内の規律も乱れているようであった。匪賊たちの姿が、月明かりと船に付けられている松明の明かりで浮かび上がる。

砂溜まりに小舟三艘《そう》が引き上げられた。上陸した匪賊団は二九人。その中にバラス領の人間らしい者は含まれていなかった。

カルロスは『雷撃』の真名を解放し雷撃球攻撃の準備に入った。カルロスの右手が突き出され、その掌から雷撃球が撃ち出される。

それが合図となって、部下たちの雷撃球が放たれた。一八個の雷撃球が匪賊たちを襲う。その一斉攻撃で敵のうち九人が倒れた。

そして、匪賊たちが動揺しているうちに、ベネショフ領の兵士たちが斬り込んだ。最初の一撃に兵士たちは全力を込めていた。これはデニスが教えた剣術だった。

デニスが一人で立木打ちを始めた頃、誰も興味を示さず、一撃にかける戦法は疑問視さえされていた。だが、王都でクルツ細剣術の四天王エッカルトを負かしたと知れ渡った頃から、同じように立木打ちを始める者が増えていたのだ。

そして、兵士たちを迷宮でしごき始めると、ベネショフ領で立木打ちがブームとなった。宮坂流の立木打ちは、まず一本の立木に棒を打ち込むという訓練から始め、次の段階では五本以上の立木の間を独特の足捌きで移動しながら棒を打ち込むというものに変化する。

その足捌きと棒を打ち込む時の身体の使い方に宮坂流の極意が秘められている。デニスが習得しているのは、奥義ではなく基本であるが、その基本でさえ兵士を鍛えるのに有効だった。

この時点では、長巻と剣が半々の状態だったが、最初の一撃で一〇人以上の匪賊が斬られた。残ったのは、団の中でも腕利きの者たちである。

彼らは公爵家の兵士の間で必須となっていた『豪脚』と『豪腕』の真名を解放した。この二つの真名は、脚と腕を部分的に強化する真名である。

全身を強化する『剛力』より増強率は高く、使い方によっては驚異的な戦闘力を与える真名である。なので、一対一での戦いはベネショフ領兵士に不利であり、二人がかりでやっと対等という戦いになった。

一時的に匪賊たちが優勢になった。だが、ベネショフ領兵士は『装甲』の真名を持っている。強力な剛剣で弾き飛ばされるが、致命傷にはならず長期戦となった。

そうなると体力が勝負の鍵。不摂生な生活を送っていた匪賊たちは、体力が尽きた者から倒れていった。

そして、最後の四人となった時、首領のダミアンが何かを地面に叩き付けた。

一瞬で黒い霧が湧き出し、小舟に付けられていた松明の明かりが遮《さえぎ》られて闇となる。しばらくの間、ベネショフ領兵士たちは混乱した。

その霧が晴れた時、生き残っていた匪賊たちの姿が消えていた。カルロスは部下たちに捜すように命じる。しかし、懸命の捜索でも見つけ出せなかった。

カルロスはベネショフに戻って、屋敷のエグモントに報告した。

「生き残った敵は何人だ?」

「四人です」

「兵士たちに、死んだ者や負傷者はいるか?」

「デニス様が授けてくれた『装甲』の真名のおかげで、死者はいません。ですが、敵の馬鹿力のせいで骨折した者が六人」

エグモントは苦々しげに顔を歪めた。

「奴らは、どこへ逃げたと思う？」

「ベネショフの町は、警戒していることを分かっているでしょうから、辺境部の小さな村でしょう」

エグモントは頭の中にベネショフ領の地図を浮かべた。

「岩山迷宮の近くにハネスという小さな村がある」

エグモントはデニスに従士のゲレオンと七人の兵士を預け、生き残りの匪賊を倒すように命じた。

デニスは夜明けにハネス村に向かう。

「ゲレオン、ハネス村の住民は何人か知っているか？」

「五〇人くらいです」

「急ごう。嫌な予感がする」

デニスたちがハネス村に近づいた時、村から煙が立ち昇っているのに気づいた。

「遅かったか」

ハネス村に到着したデニスたちは、村人の悲鳴が聞こえる方へ駆け出す。四人の匪賊が奇声を上げながら村人を追いかけ回し、剣を振るっていた。

デニスは匪賊の一人が今まさに老婆に剣を振り下ろそうとしているのを見て、怒鳴りながら突進した。

「馬鹿野郎！」

匪賊がデニスに気づき、剣をデニスに向けた。金剛棒を上段に構えたデニスが、敵の剣に向かって振り下ろす。匪賊は剣で金剛棒を受け止めた。『豪腕』の真名を使っているようだ。

周りの気配を探ると、兵士たちと匪賊の戦いが始まっていた。デニスは匪賊と睨み合いをしながら、震粒刃を形成する。その瞬間、匪賊の剣がデニスの首を目掛け横に薙ぎ払われた。

デニスは震粒刃を敵の剣にぶつけた。剣が乾いた音を立て折れ飛んだ。

「えっ」

匪賊が間抜けな声で驚く。動きが止まったのを見て、震粒ブレードで首を薙ぎ払った。匪賊の首が飛ぶ。

デニスはダミアンらしき男がカルロスと戦っているのを見つけ駆け寄った。カルロスの方が押されているようだ。ダミアンは『冷凍』の真名を持っており、剣による攻防のフェイントとして、凍結球攻撃を使っていた。デニスでさえ、剣戟《けんげき》に雷撃球を織り交ぜるのは難しい。攻撃の合間に凍結球攻撃を放つ手並みは敵ながら見事だった。

「何故罪もない村人を殺した」

「ふん、おとなしく金と食料を出さなかったからだ。当然だろ」

デニスは震粒ブレードをダミアンに向けて振り下ろした。ダミアンの剣が震粒刃を受け止める。

「何故折れない!?」

「この剣は、公爵家に伝わる冥狼剣《めいろうけん》だ。そんな棒で折れるわけがない」

「ほう、そんなに丈夫な剣なのか」

デニスは意地になって、震粒刃を冥狼剣に叩き付けた。

「無駄なことを。この剣は宝剣なのだぞ」

十数回叩き付けた時、冥狼剣の中心から金属のひび割れる音がした。デニスはニヤリと笑い、もう一度叩き付ける。その一撃で、冥狼剣が真ん中から折れた。呆然とするダミアン。その間に後ろに回り込んだカルロスがダミアンの背中を斬った。

「うっ」

呻《うめ》き声を上げたダミアンは、冥狼剣を投げ捨てデニスに掴みかかった。間合いが近い。デニスは飛びのきながら、震粒ブレードを袈裟斬りに振り下ろす。

その一撃でダミアンの胸を斬り裂いた。公爵家の御曹司が、自身の流した血に沈んでいく様をデニスは眺めていた。

「デニス様、何で宝剣を折ったんです。別の戦い方があったでしょ」

「こいつは、この宝剣で村人を斬ったんだぞ」

デニスの心中には、無残に死んだ村人の姿があった。若いデニスは、匪賊たちへの怒りを抑えられなかったのだ。

「しかし、宝剣を公爵家に持っていったら、大金をもらえたんじゃないですか?」

「あっ……考えもしなかった」

ダミアンが死んだのと同時に戦いは終わった。ダミアンが倒れ、気力を失った匪賊は兵士たちに斬られていた。

ダミアン匪賊団に襲われたハネス村は、十数人の死者を出した。デニスは村人を丁重に弔い、匪賊たちの遺体を荷車でベネショフへ運んだ。

その遺体を検分したエグモントは、マンフレート王とウルダリウス公爵家に手紙を出した。ダミアン匪賊団の最期を知らせる手紙である。

デニスは今後の対応について、エグモントと話し合った。

「父上、バラス領が匪賊団に手を貸したのは明白です。そのことを陛下に伝えるべきだったのでは」

「証拠がない。匪賊たちの全員が死に、証言する者がおらん」

「カルロスが話を聞いています」

「バラス領の連中が、捏造《ねつぞう》だと主張すれば終わりだ」

貴族であるヴィクトールの言葉は重視される。よほど確かな証拠がない限り、バラス領の連中を罰することはできない。

エグモントは、バラス領の連中を懲らしめるために心血を注ぐより、ハネス村の復興に力を注ぐべきだと主張した。

デニスは死んだ領民たちの姿を思い出すと、怒りで呼吸が速くなる。しかし、エグモントの言葉は間違いではない。デニスはハネス村の復興をどうするか検討を始めた。その結果、迷宮から近いという立地条件を活かし、ハネス村を迷宮の村として発展させることに決めた。

そのためには、迷宮の六階層がどうなっているか調べる必要がある。デニスはエグモントに迷宮調査を行うと伝えた。

「まさか、一人ではないだろうな」

「そうですね。では、若いイザークを借ります」

「兵士も三人ほど連れていけ」

翌日、イザークと兵士三人、それにアメリア、フィーネ、ヤスミンの三人を連れて迷宮に向かった。アメリアたちは六階層を見たいと言って、自分たちだけで勝手に行きそうな勢いだったので連れていくことにした。

五階層に到着しボス部屋に向かった。ボス部屋のルビーカーバンクルは復活しないようだ。リポップするまでの期間が長いのかもしれない。

ボス部屋の扉を開ける。初めて見る六階層の眺めは衝撃的だ。デニスがそうであったように、イザークを始めとした兵士やアメリアたちは、しばらく呆然として眺めるばかりだった。

「そろそろ下りるぞ」

デニスが声をかける。アメリアが興奮した声で、

「デニス兄さん、凄い。こんなに広いなんて思ってもみなかった」

とはしゃいでいる。イザークが頷いた。兵士たちも同じようだ。

「こんなものを隠しておられたとは」

「隠していたわけじゃない。調査をする暇がなかったんで、封鎖していたんだ。何がいるか分からないんだから、危険だろ」

デニスたちは坂を下って六階層に下りた。六階層は森林エリアであり、様々な動植物が繁殖しているようだ。魔物だけなくリスや野ネズミ、鹿なども草を食《は》んでいる。

それらの迷宮に棲む動物は、外から迷い込み繁殖したのだと言われている。だが、どうやって迷い込んだのかは不明だ。

デニスたちは、森林にどういう植物があるのか調査した。すると野いちご、ビワ、唐辛子、カルダモン、レモングラス、クミン、ワサビが見つかった。デニスは兵士やアメリアに、持ってきた布袋に入れるように命じた。アメリアたちは楽しそうに採取する。

これらの果物や香辛料は、不思議なことに雅也が知っているものとほとんど同じである。デニスが野いちごやビワが甘い食べ物だと教えると、アメリアたちはそれらを集中的に集めた。

ところが、ベネショフ領では見かけない種類の食べ物なので、アメリアたちは本当に甘いのか半信半疑であるようだ。代わりにデニスがたわわに実っているビワを採って、皮を剥いてかぶりついた。日本で食べたビワと同じ味だ。

「あっ、ずるーい」

アメリアがデニスの真似をして食べる。その顔が笑顔に変わった。

「美味しいの？」

ヤスミンが尋ねた。アメリアが頷くとヤスミンとフィーネが食べた。

アメリアたちが美味しいと言って騒ぐので、イザークと兵士たちも食べる。兵士の一人がクサイチゴだと思われる野いちごを食べた。

「おおっ、こいつも甘いぞ」

イザークが、唐辛子を袋から取り出して齧る。

「ぎゃあああ、口が……」

デニスは水筒を取り出して、イザークに渡す。

「それはもの凄く辛い香辛料だ。甘い食べ物じゃないんだぞ」

イザークは大量の水を飲んで回復した。

「はあー、毒かと思いました」

このようにちょっとそそっかしい一面もあるが、イザークは剣術の才能がある将来有望な人材だ。

その時、草むらが音を立て、ゴブリン三匹が姿を現した。イザークが剣を抜き走り出す。その後ろに兵士たちが続いた。

イザークたちはあっという間にゴブリンを倒した。ゴブリンは塵となって消える。デニスたちは六階層の一割ほどしか調査していないが、今まで遭遇した魔物はゴブリンだけである。

ちなみにゴブリンを倒して得られる真名は『蛮勇』である。敵に恐怖することなく戦える真名なので、ビビリの兵士には人気がある。ただ、状況判断を間違う可能性があるので、指揮官には不要なものだった。

六階層を奥へと進んだデニスたちは、初めてゴブリン以外の魔物と遭遇した。犬の頭と人型の身体を持つコボルトという魔物である。

この魔物は手先が器用らしく、手製の石槍で武装していた。力はさほど強くないが、動きは素早く巧みな攻撃をする。

とはいえ、『装甲』の真名を持つデニスたちの敵ではなかった。石槍ではデニスたちを傷つけることはできず、金剛棒や剣、長巻の攻撃で返り討ちとなる。

コボルトたちの数は多く、兵士一人とフィーネがコボルトから真名を手に入れた。その真名は『敏速』。

しかし、この真名は筋力増強系の真名ではない。身体を柔軟にして可動域を広げることで滑らかな動きができるようになり、結果として敏速になるというものだった。

デニスが持つ『加速』も動きを速くする真名であるが、原理が違う。『加速』の真名は使用者の肉体に加えられた加速を倍加させるというものだ。

複雑な動きを速くするなら『敏速』、直線的な動きを速くするなら『加速』といった使い分けが考えられた。

コボルトの次に遭遇したのは、オークだった。巨大な豚を人間にしたような化け物で、太い棍棒を容易く振り回す豪腕の魔物である。

オークは群れを作らない魔物のようだ。単独か、二匹で遭遇することが多い。戦い方も馬鹿力で棍棒を振り回すだけなので、戦術を工夫すれば倒せる相手である。

デニスたちはオークと遭遇すると、まず雷撃球の攻撃でオークの動きを止める。一発では動きを止められず、二発、三発めが必要だった。

そして、雷撃球でオークが麻痺すると、首を狙って斬撃を加える。この戦い方が効率的だと分かるまで、オーク四匹を倒さねばならなかった。

五匹めのオークを倒した後、デニスたちは金属鉱床を発見した。銅鉱床である。五階層より上の鉱床は小ドーム空間にあったが、六階層では迷宮を囲む崖のような岩壁の一部が鉱床となっていた。

デニスたちは合計で一〇〇キロほどを採掘し、持ち帰ることにした。

「そろそろ戻ろうか」

イザークとアメリアたちが頷いた。

その時、アメリアが洞窟の入り口を見つけた。

「洞窟がある」

デニスたちは最後に洞窟を調べてから戻ることにした。高さ二メートルほどの洞窟で、二〇メートル進むと大きな部屋があった。

そこに魔物が待っていた。体長二メートル半、青い皮膚をした二本角の魔物。日本の物語に出てくる青鬼だ。その魔物がデニスたちの気配に気づいて目を開け、凄まじい咆哮を放った。

「オーガだ。逃げるぞ！」

デニスの判断は早かった。洞窟を走り抜け、森に逃げ込んだ。オーガは洞窟の出口まで追ってきたが、外には出なかった。

「びっくりした。あそこはボス部屋だったんだ」

デニスが皆に告げた。アメリアが首をチョコンと傾げる。『ボス部屋』という言葉が分からなかったようだ。デニスは説明した。

「五階層の扉がある部屋を通ってきただろ。あそこにもルビーカーバンクルという普通のカーバンクルより強い魔物、ボスが扉を守っていたんだ。同じように、ボス部屋の魔物を倒さないと七階層には行けないようになっているんだ」

イザークがデニスに尋ねる。

「あのオーガという魔物は、そんなに危険な奴なんですか？」

「オーガは影の森迷宮の三区画にいる魔物だ。二〇〇人の兵士を一匹で滅ぼしたという伝説があるワイバーンが二区画の魔物で、それに近い強さを持っている。だから、今の僕たちには勝てないよ」

デニスたちは果物や香辛料、それに銅を持ってベネショフに戻った。オーガには敵《かな》いそうになかったが、ゴブリンやオーク、コボルトとは十分に戦えることが確認できた。

六階層の探索は、十分な成果を挙げたとデニスは思った。

六階層の探索を終えたデニスは、結果をエグモントに報告した。

「なるほど。六階層の魔物は、ゴブリン、コボルト、オークか。アメリアたちでも倒せたのだな」

「問題なく倒していたよ」

「アメリアたちが凄いと思えばいいのか。それとも六階層の魔物が弱すぎるのか？」

「持っている真名と魔物との相性かな。だけど、その真名もオーガみたいな化け物には通用しないと思う」

「どうするつもりなのだ？」

「オーガをどうやって倒すか、調べるつもりだよ」

「七階層を確認したいのは分かる。だが、オーガは強敵だ。まずは、六階層の資源をベネショフ領でどう活用するかを考えた方がいい」

「……七階層がどうなっているか、知りたいけど、父上の意見に従います」

デニスたちは六階層の調査を続け、植物資源が豊富に存在することを確認した。ワサビを除く香辛料は、乾燥させて保存が効くようにして、料理などにどう使うか調べるつもりでいる。

野いちごとビワは、女性や子供たちに喜ばれた。エリーゼは野いちご、マーゴはビワが気に入ったようだ。

その日も、ダイニングルームでビワを食べていると、エグモントが執務室から戻ってきた。

「王都のゲラルトと国王陛下から連絡が来た。両方とも王都へ来て欲しいそうだ」

「兄上は、結婚式の参列だろ。陛下は何故？」

「ダミアン匪賊団に関係する話だろう。おそらく、詳しい状況を聞きたいのだ。もしかすると褒美があるかもしれん」

デニスの一家は、馬車を仕立てて王都へ向かった。

王都までは、馬車だと七日だった。幼いマーゴも一緒だったので、無理をせずに旅程を調整した結果である。

王都に到着したデニスたちは、ゲラルトが婿入りするグラッツェル男爵家に宿泊した。

グスタフ・ビレス・グラッツェルは第二騎兵隊指揮官であり、男爵であるが領地を持たない。こういう貴族を王都貴族と呼ぶ。

王都貴族は何らかの重要な官職に就き、その給与で一家を支えている。領地を持たないので余分な出費もなく、官職の給与でも、十分に豊かな生活を送れる。

故に後継者には十分な教育を施し、男児がいない家では優秀な婿を選ぶ。ゲラルトは選ばれたのだから、優秀だと判断されたのだろう。

久しぶりにゲラルトと会った母親のエリーゼや妹のアメリアとマーゴは喜んだ。ゲラルトはデニスの手を取り、領地を押し付けてしまったことを謝った。

「すまないデニス。お前には苦労をかけることになる」

「苦労はするでしょうが、やりがいのある務めです」

「陛下に呼ばれているそうだな」

「はい。ダミアン匪賊団の件だと思います」

「その匪賊団は、公爵家の兵士たちだったのだろう。兵士としても精鋭だったはず。よく勝てたな」

「カルロスたちの奇襲が成功したからかな」

　ゲラルトは首を傾げた。ベネショフ領の従士や兵士の実力は、ゲラルトも知るところだ。元とはいえ、公爵家の兵士を倒せるほどではなかったはずなのだ。

「デニスが鍛え直したのか？」

「まあ、そうです」

　デニスは迷宮で兵士たちを鍛えたことを告げた。

「そうか。岩山迷宮か。私は迷宮を活用することを思い付かなかった。デニスは領主に向いているのかもしれんな」

　前にも同じ言葉を聞いたことがあると、デニスは苦笑いした。自分では決して向いているとは思っていなかったからだ。

　国王陛下との謁見は、ゲラルトの結婚式より遅くなるようだ。

　結婚式当日、デニスたちは一張羅《いっちょうら》に着替えて出席した。アメリアはデニスが買った古着で作ったドレスを嬉しそうに着ていた。

「きれいな服。マーゴも欲しい」

　マーゴがエリーゼにおねだりする。エリーゼが笑い、デニスに頼むように言った。

「にぃにぃ、マーゴも」

　可愛い末妹からお願いされたデニスは、もちろん承諾した。甘いと言われようが、マーゴから嫌われたくはない。厳しい教育は、母親や父親に任せればいいのだ。

　王都のアズルール教会で行われた結婚式は、貴族としては平凡なものだったが、ベネショフ領から出たことがなかったアメリアは凄い結婚式だと思ったようだ。自分も王都で結婚式を挙げると言い出した。


結婚式の翌々日、デニスとエグモントはモンタール城、庶民からは白鳥城と呼ばれる王城へ向かった。謁見室に案内された二人は、マンフレート王の御前で膝を突いた。

マンフレート王は、デニスたちがダミアン匪賊団を壊滅させた働きを褒め称《たた》えた。

「ベネショフ領のエグモント、並びにデニス。今回の働き見事であった」

「我々は祖国ゼルマン王国の貴族として、微力を尽くしただけでございます、陛下」

「謙遜せずともよい。ウルダリウス公爵が手古摺《てこず》った者たちを倒したのだ。誇りに思って良い。ところで、ダミアンを倒したのは、デニスだと報告にあったが、本当か？」

デニスはなるべく落ち着いた声に聞こえるように、

「左様でございます」

と簡潔に答えた。

「素晴らしい。ダミアンは、ハルトマン剛剣術の使い手。しかも冥狼剣という宝剣を持っていたはず。あの宝剣はどうしたのかね？」

デニスは舌打ちしたくなるのを堪え、簡潔に答える。

「折りました」

予想外の答えだったのだろう。マンフレート王が、呆気《あっけ》にとられたような顔をしてから笑った。

「そうか、折ったのか。あの宝剣は、巨狼王フェンリルの牙で作られた牙剣《がけん》。決して折れないと言われたものだったのだが……どうやって折ったのだ？」

興味津々といった様子で、マンフレート王が質問を重ねる。

普通の者から尋ねられたのなら、答える必要のない質問だった。だが、相手は国王である。

「真名術です。『超音波』の真名を応用したものを使いました」

「『超音波』だと。役に立たないと言われている真名だ。学者どもに調べさせよう」

デニスと国王が真名について話をした後、国王が褒美は何が良いかと尋ねた。

「願わくば、塩田を設ける許可を頂きたいと思っております」

「塩田か。塩田は他国との戦いで功績のあった貴族に与える褒美である」

「少しで良いのです。塩田一枚でも構いません」

この国で言う塩田一枚とは、一〇〇坪ほどの広さのことである。この国の製塩方法は、天日採塩法なので塩ができるまでに時間がかかる。

塩田五〇枚ほどもないと、事業としては成り立たない。それを知っている国王は、興味を持った。塩田一枚で、どうやれば製塩事業が成立するのか。

「よかろう。塩田一枚の許可を出そう」

「ありがとうございます」

ダミアン匪賊団を退治した褒美として、ベネショフ領は塩田を造る許可を得た。エグモントは、褒美を金貨でもらい借金の返済に充てたかったのだが、功労者であるデニスの意見を優先した。

だが、塩田一枚の許可は、ベネショフ領にとって大きかった。デニスの頭の中には、日本で行われている製塩方法が記憶されていたからだ。

デニスは国王から褒美がもらえるかもしれないと分かった時、塩田の許可がもらえないか、過去の事例を調べた。そして、国王が先程述べたように、塩田の許可は他国との戦争で功績があった者に与えられるのが慣例だと知り、ガッカリした。

しかし、諦めずに調べると、過去にたった一例だけ、大規模な野盗を退治した貴族に、塩田を許可した事例があった。但し、塩田の枚数は少なかった。

そこで雅也に効率のいい製塩方法を調べてもらい、最低どれほどの広さがあれば、製塩事業を始められるか確かめたのだ。すると、塩田一枚分の広さがあれば十分だと分かった。

ベネショフ領に戻ったデニスは、町から近い海岸に流下式塩田を造った。流下式塩田は、粘土で覆った緩やかな斜面である流下盤と、竹の枝を組んで作った枝条架《しじょうか》でできている。枝条架は、竹に似た植物が存在したので、それを利用した。

流下盤に海水を流して太陽熱で水分を蒸発させ、塩分濃度の高まった海水を循環槽に溜める。その循環槽の海水を枝条架に上から滴下《てきか》することで、風によってさらに水分を蒸発させる。もう一段塩分濃度が高まった海水は、かん水と呼ばれる。そのかん水を平釜で、塩分濃度二四パーセント程度になるまで約六時間煮詰める。これが荒焚《あらだ》きと言われる工程で、次に一日ほど放置して冷ました荒焚き後のかん水を炭や砂を使って濾過する。

そして、濾過したかん水を今度は一六時間ほど釜で煮詰めて塩にするのだ。できたばかりの塩は、ニガリ成分を含んでいるので、数日寝かせてニガリを切る必要がある。

自領で塩を造れるようになったベネショフ領は、大きく発展する原動力を得たことになる。塩は重要な資源であり、人間の生活には必要不可欠なものだ。

エグモントはデニスが造り上げた塩田を見て、

「やはり、お前は領主に相応しい才能を持っている」

と改めて称賛した。

「そうですか？　こういうことを思い付く才能と、領主の才能とは違うと思うけど」

まだまだ借金もあり、多くの問題を抱えているベネショフ領だが、デニスが領地経営に参加するようになり、少しずつ住みやすい領地となっていくのであった。

◆◆◇◇◆◆◇◇◆◆

アーマードボアのドロップアイテムを売った雅也は、事務所で自分の預金通帳にとんでもない金額が振り込まれているのを確かめ、ニンマリと笑っていた。

「気持ち悪い顔ですねぇ」

見ていた冬彦が指摘した。

「うるさいぞ。俺がどんな顔をしようと勝手だ」

「貧乏人は、これだから」

「悪かったな。貧乏人で」

「先輩、その金額がそのまま先輩の懐に入るわけじゃないんですよ？」

聞き捨てならない言葉を聞いて、雅也は尋ねた。

「何でだよ？」

「税金ですよ。税金。税務署がガッポリ持っていくに決まっているじゃないですか」

雅也の高揚していた気持ちが、音を立ててしぼんだ。

「ぜ、税金。何て残酷な言葉なんだ」

「今後のこともあるから、今のうちに税理士と相談した方がいいですよ」

雅也は溜息を吐いて頷いた。その時、買い物に行っていた小雪が戻ってきた。小雪の足元には、狼犬のコハクがじゃれている。

神原家の飼い犬となったコハクだが、神原教授が研究所へ行き、小雪が探偵事務所に来ると一匹だけのお留守番になるので、小雪が連れてくるようになった。

「ただいま。コーヒーと領収書の用紙を買ってきましたよ」

「ご苦労さま」

雅也は小雪をねぎらい、コハクを抱き上げた。コハクがペロペロと雅也の鼻を舐《な》める。

「お父さんから連絡があって、魔源素について大発見をしたそうです。研究所に来て欲しいと言っていました」

「了解。探偵の依頼はないようだから、これから行くよ。小雪さんも行くの？」

「はい。興味がありますから」

冬彦が慌てたように手を挙げた。

「僕も」

「ええっ、お前も行くのか？」

雅也の嫌そうな声に、冬彦が、

「いいじゃないですか！　僕だって仲間の一人だ」

「何の仲間だよ。言っておくが、聞いた情報は極秘だからな」

「信用してよ。先輩がクールドリーマーだということは、誰にも言っていないという実績があるでしょ」

冬彦にしては珍しく、母親にもバラしていないらしい。探偵事務所の戸締まりをして、小雪の車で研究所に向かった。研究所兼魔源素販売会社『マナテクノ』は郊外の静かな場所にあった。

社屋は元ペンションだった建物で、小さな竹林の中にある。建物に入り、教授の研究室に向かう。

二階の東側半分が研究室になっており、研究員は教授が選んだ三人だ。

小さな研究所だ。しかし、研究内容は最先端のものだった。研究室に入ると、正体不明の機械が並んでいる。判別できたのは顕微鏡くらいだろうか。

神原教授が待ち構えていた。

「来たな。何だ、冬彦も一緒か」

ちょっと邪魔な奴も交じっている、といった言い方に、冬彦が口を尖《とが》らせた。

「冬彦はどうでもいいじゃないですか、教授」

雅也が答えると、冬彦が、

「皆が僕をいじめるよ、小雪ちゃん」

と小雪に泣きつこうとしたが、

「はいはい、コハクと一緒に静かにしていれば大丈夫ですよ」

冬彦はコハクと同列の扱いにされた。

「ところで、大発見というのは？」

雅也が教授に尋ねた。

「ふふふ、驚くなよ。我々は新しい推進機関を開発したのだ」

雅也は新しい推進機関と言われても、ピンと来なかった。

「以前、魔源素ボールを撃ち出す真名術を見せてくれただろう」

「ええ、あの毒コウモリにしか効果のなかったやつですね」

「攻撃手段としては使えないものだったかもしれんが、それを推進機関として応用してみれば、意外なほど凄い結果となった」

雅也は数日前に特殊な魔源素結晶の製作を頼まれている。できるだけ小さな結晶を、という注文だ。雅也が作ったのは、埃《ほこり》のように微小な結晶だった。

その微小魔源素結晶を油に混入し、ドーナツ状のタンクに入れて回転させる。魔源素ボールと同じように、回転面に垂直な力が生じたという。

「我々は実験で確かめた。これを使ってな」

微小魔源素結晶混入油を入れたドーナツ状タンクは直径三〇センチほどで、モーターにより回転する装置が付けられていた。

「スイッチを入れるぞ」

教授がリモコンのスイッチを入れると、ドーナツ状タンクが回転を始めた。初めはゆっくりと回転していたタンクが、次第に速くなる。

「もう少しだ」

教授が告げた時、ドーナツ状タンクの実験装置が浮き上がった。実験装置はそのまま上昇し天井にぶつかって止まる。

「飛ぶのか、凄いな。どれくらいのパワーがあるんだろう」

雅也が天井に張り付いている実験装置を見ながら、疑問を口にした。

「こいつの推進力は、微小魔源素結晶の量と回転速度に比例するようだ。直径一メートルの装置なら、ヘリコプターに付いているメインローターの代わりになる。私たちは、この力を『動真力《どうしんりょく》』と呼んでおる」

「ヘリの推進機関か、確かに騒音問題もあるというから、売れそうだけど」

雅也の言葉に、教授が不機嫌な顔になる。

「動真力機関を組み込んだ乗り物は、もはやヘリコプターとは言えん。それにもっとスケールのデカいことを言えんのか」

「だったら、何を造ろうって言うんです？」

教授が上を指さした。雅也は上を見上げる。見えたのは天井だけ。

「宇宙だ。月に行ってみたいとは思わないか」

「実は、アポロ月面着陸捏造疑惑を確かめたいと思っていたんです。でも、月に行けるのは何十年も先になるんじゃないですか。日本には宇宙服を作る技術もないんですよ」

教授が溜息を吐いた。

「そうだな。だが、この技術には、それだけの可能性があるということだ」

「問題は、微小魔源素結晶を作れるのが、俺だけという点ですね。その点はどうなんです？」

神原教授がニヤリと笑った。

「手掛かりは掴んだ。後は実験で確かめるだけだ」

教授の言う手掛かりとは、超臨界水と動真力機関を組み合わせることで、魔源素の結晶化ができそうだという発見である。超臨界水の中で魔源素結晶がどういう反応を示すか調べていた教授たちが、偶然に発見したらしい。

この発見については、小雪や冬彦にも伝えなかった。雅也にだけは教えてくれたが、マナテクノという会社が発展するための中核となる技術だと言っていた。

教授たちは苦労の末、微小魔源素結晶製造装置を完成させた。但し、作れるのは微小サイズだけで、大きなサイズのものは作れなかった。

後日、神原教授は、教え子のコネを使って日本を代表する大企業の幹部たちにプレゼンするチャンスを手に入れた。

動真力機関を見せると、彼らはすぐに動真力機関の可能性に気づいた。

「魔源素結晶のことは知っていたが、こんな効果を発揮するものだったとは」

「これは画期的な発明ですよ。是非《ぜひ》とも我が社に協力させて欲しい」

大企業の幹部たちは、神原教授と一緒に新規事業について話し合いを始めた。

その後、日本を代表する自動車メーカーであるトンダ自動車と、ヘリコプターを製造する川菱《かわびし》重工が共同で新型の乗り物を開発すると発表した。

この発表には、世界が驚いた。新型の乗り物というのが、空飛ぶバスだと発表したからだ。空飛ぶバスという言葉から、世界の経済人は小型ジェット機を連想した。

しかし、小型ジェット機ならば、トンダ自動車が既に事業化している。そこで三〇人乗り程度の地域間輸送用旅客機リージョナルジェットの開発を行うのではないかと噂が流れた。

雅也の世界でも、魔源素の存在が重要度を増していた。その結晶化に成功したマナテクノは、世界的企業への第一歩を踏み出そうとしていた。

◆◆◇◇◆◆◇◇◆◆

塩田を手に入れたベネショフ領では、サワー種を使ったライ麦パン作りが広まっていた。慰労会で、デニスが作ったパンを食べた人々が、その美味しさに魅了され、自分たちも作りたいとデニスに教えを請《こ》うたのだ。

領内では、ダミアン匪賊団を退治したことより、新しいパンを考案した次期領主として知られるようになった。一時期サワー種を使ったライ麦パンを『デニスパン』と呼ぼうという動きがあったが、デニスが止め、『ベネショフパン』という名前に変えさせた。

ベネショフパンは中核都市クリュフにも広がり、美味しいパンを作る町としてベネショフが有名になる。

エグモントは、国王にも称賛されたダミアン匪賊団退治の功績の方が有名になってもいいはずだと愚痴《ぐち》るが、現状のままでいいとデニスは思った。

庶民はダミアン匪賊団退治を、それほど評価しなかった。

普通の野盗を退治したという程度の認識なのだ。だが、周辺の貴族は違った。ダミアン匪賊団は、ウルダリウス公爵の配下であった精鋭兵士だったと知っているからだ。貴族はベネショフ領という存在に一目置くようになった。

　こうしてベネショフ領は、次期領主であるデニスの働きにより、貧乏領という汚名を返上しつつ、この世界にとっても重要な土地へと存在感を増していくのであった。

あとがき

初めまして、月汰元です。この作品は書き始めてから早い段階で書籍化することになり驚いています。

この物語を書こうと思ったきっかけは忘れてしまいましたが、設定を考えている時に現実世界と異世界に二人の主人公を置き、異世界側の主人公が領地経営に苦労しながら成長していくストーリーにしようと考えたのを覚えています。

領地経営をメインに書いていこうと思っていたのですが、主人公がどうしても一箇所に落ち着いてくれません。異世界側では、あちこちを飛び回って活躍するようになってしまいました。

こうなったら開き直って、思いつくままに活躍する様子を書いていこうと思っています。

こういう異世界を題材にしたファンタジー小説を読むのも書くのも好きなのですが、一つの作品を書き続けるのは結構大変です。

小説を書くという作業は楽しいのですが、時々スランプになる時があるからです。

パソコンのキーボードに置いた指がピクリとも動かなくなり、頭は真っ白になって何も浮かんで来ません。

こういう時、他の作家さんたちはどうしているのか是非知りたいものです。

私の場合、スランプになると一旦書くことを諦め、音楽を聴いたり映画を見たりして気分を変えると復活することが多いのですが、それでも駄目な時もあります。

作家さんの中には月に一冊くらいのペースで新作を出している方もいらっしゃいますが、自分で書いてみると本当に凄いことだと感じます。

また、実際に小説を書いてみると漢字で悩むことが多々あります。

例えば、『のぼる』という漢字を使おうとした時、『登る』『上る』『昇る』などの候補があり、どれを使うかは主語や文脈によって違います。

こういう場合、ネットで検索し使い方を確認するのですが、本当に面倒です。

とは言え、パソコンやインターネットが無かった時代は辞書を引いて調べていたのだと思うと今は楽なのかもしれません。

特に科学的な情報がデータベース化され簡単にネット検索できるようになったのは、凄いことだと思います。ただ便利になったのはいいのですが、ネット上に有る情報が本当に正しいのかどうかは注意が必要です。

一応自分の頭に有る情報や理論と照らし合わせ間違いなさそうだと判断してから書いていますが、間違っていると判った時は謝るしかありません。

このままあとがきを終わると何だか苦労話になってしまいそうですが、何かを創作するという作業は楽しいことです。皆さんも是非挑戦して下さい。

BKブックス
崖っぷち貴族の生き残り戦略

2020年1月10日　初版第一刷発行

著　者　月汰元《つきたげん》
イラストレーター　にしん

発行人　大島雄司

発行所　株式会社ぶんか社
〒102-8405　東京都千代田区一番町29-6
TEL 03-3222-5125（編集部）
TEL 03-3222-5115（出版営業部）
www.bunkasha.co.jp

装　丁　AFTERGLOW
編　集　株式会社 パルプライド
印刷所　大日本印刷株式会社

ISBN978-4-8211-4540-9